目次

ANYAKITAN

馬頭鬼あおえが語る

登場人物

夏樹【なつき】

いい人ですよ。中流の家の出なのに破格の出世をして蔵人になっちゃったのは、やっぱり人柄のせいでしょう。ご本人は意識してないみたいですけど、容姿だってなかなかのもの。わたしが人間の女性だったらほっときませんって。真面目だし、浮気とかしそうにないし、夫には最高ですよね。でも、どうしてこんないい人が、一条さんの友達なんかやってられるんでしょうかねえ。あの人がもれなくついてくると思うとちょっとためらうなあ……。

一条【いちじょう】

夏樹さんのお隣に住んでる無二の親友。男装の美少女かと見まごう妖しげな魅力の持ち主で、陰陽師としての才能にもすぐれ、天が二物を与えた見本そのもの！　未来の陰陽寮をしょって立つのは一条さんをおいて他にないでしょう！　——これだけもちあげとけば、あとで殴られずに済むかしら。まったく、夏樹さんにはあんなに親切なくせに、同居人のわたしには冷たいんだから。こんなに尽くしているのに、何が気にさわるんでしょうかね？

深雪【みゆき】

夏樹さんのいとこで、弘徽殿の女御さまのところで女房づとめをしてます。夏樹さんのことを好きなくせに、扇でバシバシ頭を殴ったり、意地悪なこと言ったりしてるんですよ。人の見てないところでそれをやるって点に、年季のいった猫かぶりのすさまじさを感じますけど、やっぱり女の子の秘めたる恋心ってロマンですよね。うっとり。

あおえ

冥府の罪人を責める獄卒にふさわしい、たくましい筋肉。美しい毛並みの精悍な馬づらに、宝玉のごとく輝く青き瞳。こんなに素敵な馬頭鬼なのに、ほんのちょっとしたミスで冥府を追放され、一条さんの邸で馬車馬のようにこき使われる毎日……。ふっ、泣いちゃだめですよね。いつか必ず戻れると信じて強く生きなくっちゃ!!

賀茂の権博士

【かものごんのはかせ】

一条さんのお師匠さんで、この人もとても力のある陰陽師です。弟子とはまたちがった魅力を醸し出していて、通好みの女房たちに隠れた人気があるみたいです。

権博士自身は深雪さんに関心があるみたいだけど、深雪さんは夏樹さんひとすじで、ぐっちゃぐちゃの三角関係に――てなふうにはならないんですよ、夏樹さんが鈍すぎて。残念だなぁ。

その他

帝の寵妃の弘徽殿の女御さま。その兄上で中納言の定信さんに、異母姉の美都子さんといったセレブなかたがたも登場して、『暗夜鬼譚』はますます華やかですよ〜。

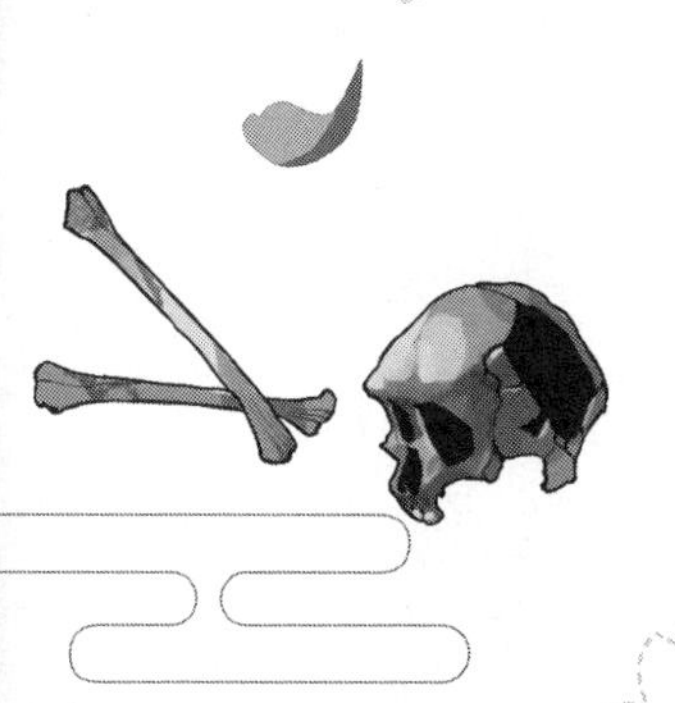

暗夜鬼譚
ANYAKITAN
空蝉挽歌〈前〉

本文デザイン／ AFTERGLOW
イラストレーション／ Minoru

空蝉挽歌（うつせみばんか）

第一章　蝉しぐれ

夏の午後。強い陽射しを受けて、木の幹に張りついた蝉たちが飽かず鳴き続けている。かりそめの世に生まれた短い命が哀しく泣いているのかと、古人は歌に詠んだ。空蝉ははかなさの代名詞である。

しかし、深雪は蝉の鳴き声にしみじみあわれを感じていられるほど暇ではなかった。

「ああ、やかましいこと。鳴けばいいってものじゃないでしょうに。それにこんなに暑くっては女御さまのお身体に障るじゃないのよ」

ぶつぶつと言いながら、十二単の色鮮やかな裾と裳を後ろに引きずり、簀子縁（外に張り出した廊）を小走りで進む。文句を口に出して言っているのは、もちろん、周囲にひとがいないからだ。

ここは平安の都の中枢・御所の奥、後宮の中に位置する弘徽殿。帝の寵愛深い弘徽殿の女御が住まう場所である。

深雪は弘徽殿の女御に仕える女房。父親が伊勢守であることに因み、女房名を伊勢といった。

まわりに他人の姿がないときはおてんば娘の地を出していたが、簀子縁から屋内の廂へと身をすべらせるや、人気女房の〈伊勢の君〉へと表情を切り替える。その見事な変身ぶりは長年猫をかぶり慣れた賜物だった。

廂には同僚の女房たちがたむろしていた。が、普段のにぎやかさはない。それもそのはず、彼女たちのあるじ、弘徽殿の女御が病で臥せっていたのだ。

「失礼いたします」

深雪は同僚たちの裾を踏まぬよう気をつけながら、廂と一段高い母屋とを隔てる御簾に近づいた。

この御簾のむこうで弘徽殿の女御が休んでいる。時折、苦しそうな咳が聞こえるのがその証拠だった。

ここのところずっと、女御は咳と微熱で苦しんでいた。典薬寮の腕利き薬師はこの時季にありがちな咳き病と判じ、さまざまな薬を調合したが効果は薄く、ことさらよくも悪くもならないまま病状は長引いていた。

「女御さま、お苦しいのですか？」

深雪が声をかけると、御簾越しに優しい声が返ってきた。

「大丈夫。咳が少し出るだけですよ」

けれど、女御は周囲に気を遣うほうなので、本当に大丈夫かどうかはわからない。高い身分に驕らない心優しい気質ゆえだが、こういうときは甘えてくださってもよろしいのにと深雪などは思ってしまう。

「無理はなさらないでくださいまし」

心配そうに言ったのは、一の女房の小宰相の君だった。彼女はその地位にふさわしく、御簾の内側で女御のそば近くに控えていた。

小宰相が一の女房である理由は弘徽殿の女御の乳姉妹だからだが、それだけというわけでもない。やはり、仕事ができることと、そのきびきびした性格が大きく影響しているのだろう。

「それで、主上はなんと仰せられました？」

と深雪に尋ねる声にも、女御からの信頼を得ているという自信に裏打ちされた威厳があった。新参女房なら気圧されてびくびくしたかもしれないが、深雪ももう何年も宮仕えを経験している。にっこり微笑み、

「はい。主上は女御さまの実家帰りをお許しくださいました」

途端に、まわりにいた女房たちが言う。

「まあ、ようやく」

「ご実家でおくつろぎになられれば、きっと病も早く治りますわ」

「でも、主上のお気持ちもわかりますよね。女御さまと離れてしまわれるのがきっとお寂しいのでしょう」

同僚たちのその意見に、深雪は心の中で秘かに異を唱えていた。

（どうだかねえ。主上がうちの女御さまを大事にされているのは事実だけど、なにぶん生来の浮気性だから……）

実際は大なり小なり、ここにいる全員が同じことを考えているはず。しかし、いまはそんなことも些細な問題に思える。女御の実家帰りという大きな変化を前に、みな浮き足立っているのだ。

そこへ小宰相が凜とした声を飛ばした。

「あなたたち」

そのたったひと声で、女房たちは水を打ったように静かになった。

「女御さまのお身体に障ります。もそっと静かになさいまし。まったく、軽々しく騒いではならないと、日頃からあれほど言っているのに……」

しょんぼりする女房たちをかわいそうに思ってか、女御が笑いを含んだ声で、

「小宰相。そんなに怒らないでちょうだい」

唯一の弱点である女主人に軽くいなされた小宰相は、取り繕うようにこほんと咳ばらいをした。

「けれど、よろしゅうございましたわ、女御さま。ご実家ならばお心おきなくご静養もできましょう」

「そうね。主上のおそばを離れるのは心細いけれど、久しぶりに母上や姉上にお逢いできるのは楽しみだわ」

弘徽殿に仕える女房たちにとっても、左大臣邸に出向くのは楽しみには違いなかった。御所は美しく華やかだが、何かと気の張るところでもある。なにしろ、まわりには複数の妃がいて帝の寵を争っているのだ。お付きの女房たちも気が抜けない。些細な失敗が悪意のある噂によって歪められ大きくなり、ひいてはあるじの後宮での地位に影響しないとも限らないのだ。

その点、女御の実家ならば周囲は逆に味方だらけ。女御も女房たちもさほどひと目を気にする必要がない。

とにかく、そうと決まればさっそく仕度を始めなくてはならない。急に仕事が増えて、女房たちはいそがしく立ちまわり出す。しかし、その顔はどれも明るい。

左大臣側にしてみれば、女房たちは敵の多い宮中で娘を守ってくれる者たちだ。きっと大事にもてなしてくれるはず。それに、外出もいまより格段にしやすくなる。女御の療養が目的ではあるが、それほど重い病でもなし、女房たちが羽をのばす機会はいろいろと多いことだろう。

（そうよ、夏樹のところにももっと気軽に行けるようになるわね。どうせ参内しないときは、この暑さだもの、ごろごろ昼寝してるに決まっているんだから、叩き起こして、この機会に都のあちこちを案内させて……）

深雪も他の女房と同様、仕度に追われつつあれやこれやと楽しい計画を練っていた。

同じ頃、御所にほど近い正親町の大江夏樹の邸でも、蝉たちがすこぶる元気に鳴き続けていた。

庭には夏草が青々と繁っている。去年とは違い、雨が充分降ったためだ。きっとこの暑さが収まれば、近年まれなほど実り豊かな秋がめぐってくるだろう。

とはいえ――やはり暑い。

出かける気にもなれず、夏樹は風の通る窓辺でひとり涼んでいた。昼寝まではしていないが、深雪の想像もあながちはずれたわけではなかろう。

平安時代の貴族の邸宅は、しきりが少なく風通しのよい寝殿造り。つまり、四季があるにもかかわらず夏の気候を基準に建てられている。言い換えれば、それだけ都の夏は暑いのだ。盆地の冬も骨に染みるほど寒いが、この時代の服装は重ね着が基本、たくさん着こめばどうにかなる。しかし、高温多湿の夏には脱いだところで限度がある。

（釣殿でもあれば、もっと涼しくなるんだけど……）

釣殿とは庭の池に張り出すように造られた建築物で、夕涼みには絶好の場所だった。しかし、哀しいかな、夏樹の邸には釣殿はない。池はあるにはあるが、去年の猛暑で干上がってしまったくらいささやかなものだ。

敷地内に豊かな湧き水でもあれば釣殿も建て甲斐があるが、そういういい場所は当然ながら競争率が高い。周防国（現在の山口県東部）へ受領として赴任している父の財力をもってすれば手に入れることも不可能ではないが、そこまでするほど庭にこだわってはいなかった。

たとえ、泉付きのいい物件がみつかったとしても、夏樹はこの邸から移りはしないだろう。ここなら勤務先の御所に近いし、隣は気のおけない友人の家だ。しかも、隣家とを隔てる築地塀は一カ所大きく崩れていて、庭から自由に行き来ができる。

（今日あたりいるかな、一条）

簀子縁の勾欄（手すり）に顎をのせて、夏樹は隣の邸をうかがう。しかし、隣からひとの気配がしたり、話し声が聞こえてくることはない。きっとまた留守なのだろう。

それも致しかたない。隣人は十六の夏樹とさして変わらぬ年頃だが、陰陽師になる修行中の陰陽生。大内裏（帝の居住空間を取り巻く官庁街）の中の陰陽寮で調べ物をしたり、師匠である賀茂の権博士に付き従って祈禱を依頼した者のもとへと向かったりと、いろいろいそがしい身だ。

夏樹も六位の蔵人という多忙な職に就いていたが、今日は久しぶりの休みだった。が、休みと決まったのがつい前日だったので、なんの予定も立てていない。

（やっぱり隣にでも行くか。一条がいなくても、居候はいるはずだし）

夏樹が隣に行きたがっているのは、むこうのほうが涼しいとわかっているから。釣殿よりもっと冷却効果の高いものがあそこにはあるのだ。

ぐずぐずしていると乳母の桂にまた引き止められてしまう。彼女は陰陽師が嫌いで、養い子が隣人と付き合うのを快く思っていない。夏樹も真っ向から乳母に逆らう気はないが、友達付き合いをやめるつもりもない。

周囲に誰もいないのを確認し、夏樹は部屋を出て簀子縁から庭へ下りた。足早に草木の間を駆け抜け、築地塀の崩れた箇所から隣の敷地内へと足を踏み入れる。もはや通い慣れた道だ。

気のせいか、こちらの庭のほうが蝉も遠慮なしに鳴いているかのようだった。夏草の勢いも目を瞠るものがある。もっとも、ここは四季を問わず雑草がはびこっているのだが。

そんな草ぼうぼうの庭を横切り、邸へ近づく。蔀戸が全部あけ放ってあるからには誰かがいるのだろう。もしかして友人も在宅しているかもしれない。期待をこめて、

「おい、一条」

と呼びかけると、野太い声が返ってきた。

「はいはーい」

蔀戸からひょいと顔を出したのは、ヒトではなく馬づらだった。陰陽師のたまごの邸に居候しているのは、人身馬頭の馬頭鬼(めずき)だったのである。

「あ、やっぱり夏樹さんでしたね」

馬頭鬼のあおえは愛想よく笑顔で夏樹を迎えた。かつては冥府(めいふ)で罪人を責める獄卒だったのに、そんな荒っぽい過去など忘れ果てたような穏やかな顔をしている。

しかし、彼は過去を忘れてなどいなかった。いつか冥府へ戻れる日を、星に願いをかけつつ、じっと待っているのである。

夏樹も早くあおえの願いが叶(かな)えばいいなと思ってはいる。が、それを決められるのは馬頭鬼を冥府から追放した閻羅王(えんらおう)だけなのだ。

「しっかし、いつも庭から来ますねえ。たまには表から来ませんか?」

「そう言うなよ。うちは陰陽師嫌いの乳母がいて、ここに来るのも大変なんだぞ。それくらい知ってるくせに」

あおえは他人事(ひとごと)だと思って気楽に笑ってくれた。

「ご苦労さまです。でも、残念ながら一条さん、いませんよ」

「なんだ、またどこかで物の怪おとしなのか?」

「いえ、今日はあいにく御所に出仕する日で。昨日だったらいたんですけどねえ」

休みが合わなかったのは残念だが、今回は一条に逢うのがいちばんの目的ではない。この暑さから逃れられるところに行きたかったのだ。

「一条がいなくてもいいから、とにかく、あげてくれないかな?」

「あ、もしかして、夏樹さん、わたしに逢いにきてくれたんですか?」

あおえの大きな青い目がきらりと輝き、小ぶりな耳がぱたぱたと動く。過剰な期待をかけられる前に、夏樹は素早く否定した。

「いや、違う」

馬頭鬼の耳がぱたりと動きを止めた。

「そんな、つれない……」

「式神はいないのか?　去年の夏、一条は式神を呼んで部屋を涼しくさせていたんだけれど」

式神とは陰陽師が手足のごとく使う鬼神のことである。一条はまだ修行中の身でありながら、月々の名をつけた複数の式神を使役していた。その意外な利用法を、夏樹は去年たまたま目撃したのだ。

あれは今日よりもっと暑い日。一条の部屋には、顔に桔梗の花のような青い紋様を散らした美しい女がいた。彼女は長月という秋の月の名を持った式神で、部屋に秋の涼風を運んでいたのだ。

去年のその話をすると、あおえは何かを思い出したようにぽんと手を叩いた。

「そういえば、そういう式神さんを呼んで涼んでいること、ありましたありました。でも、いまは無理ですよ、一条さんいないし」

確かに、あおえでは式神を操れまい。元獄卒の馬頭鬼とはいえ、陰陽師とは管轄が微妙に違う。それでも、駄目でもともとと食いさがってみる。

「あおえから直接、式神に頼むことはできないのかい？　ほら、一条の別の式神とは仲よしなんだろう？」

「ああ、水無月さんのことですね」

普段は童女の姿をしているが、その実体は火の玉という式神の名を口にする。

確か、彼女とあおえとは追いかけっこをするほど仲がよかったはず。馬頭鬼と火の玉が戯れているところを近隣の者に目撃され、以前からこの邸につきまとっていた物の怪の噂がさらに信憑性を増すといった実害もありはしたが……。

「水無月さんにしたって、ここの式神さんたちは基本的にみんな気まぐれですから。一条さん以外の誰かが頼みごとをしても、無駄だと思いますよ」

「やっぱり、そうか」

楽に涼もうとしたのに物事はそううまくいかない。これなら自宅で、桂に水飯（炊いた米を水にひたしたもの）でも作ってもらったほうがましだったかもしれない。

「じゃあ、お邪魔したな」

「あ、待ってくださいよ」

帰ろうとした夏樹を、あおえはあわてて引き止めた。

「なんだ？」

「実はいま、することもなくて暇を持て余してたんですよ。ほら、わたし、この顔ですから」

あおえは馬づらをわざわざ指差して強調する。

「外に出ちゃ駄目だって一条さんにきつく言われてるんです。でも、掃除も縫い物も食事の仕度なんかもあらかたやり終えてしまって、することがなんにもないんですよ。よろしければ、少し付き合ってもらえませんか？」

「いいけど……」

頼まれるといやだとは言いにくい。気は進まなかったが、夏樹はとりあえず足を止めた。

「でも、暑いのは勘弁して欲しいな。何か涼しくなることをしてくれないか？」

「涼しくなることですか……」

あおえは眉間に皺(しわ)を刻んで考えこんだ。

「じゃあ、血も凍る怪奇談でもやりましょうか」

「いや、しなくていい」

即答だった。同僚が暇つぶしに語った怪談のせいでひどい目に遭ったのは、ついこの間のことだ。ましてや、地獄の馬頭鬼に怪談などされては、どんな災難が降りかかってくるか知れたものではない。

「じゃあ、じゃあ」

逃げられそうな雰囲気を察してか、あおえは必死に言葉を探す。

「えっと、わたしが楽(がく)の音(ね)に合わせて一枚ずつ脱いでいくっていうのはどうでしょう。わたしの踊りは冥府でも評判だったんですから。神話の天鈿女(あめのうずめ)もかくやという優雅さで、やんやの大喝采を浴びたもんですよ」

想像しただけで、夏樹の背に悪寒が走った。ある意味、怪談よりも怖い。

「やっぱり帰る。用事を思い出した」

嘘(うそ)をついて夏樹はそそくさとその場を離れた。背後であおえが一所懸命に呼んでいるのも、聞こえないふりをして庭を駆ける。

ぐずぐずしていたら、見たくもない馬頭鬼の裸体を拝む羽目になるかも。そう考えると、自然に足も前へ前へと動いて、いつしか全力疾走となっていた。

崩れた築地塀を抜けてしまえば、外出を禁じられているあおえにはもう手が出せない。無事に自分の邸にたどりついたときには、夏樹は全身汗まみれになっていた。涼みに行ったはずなのに、かえって暑さを満喫してしまったようなものだ。

考えてみれば、あおえも気の毒な境遇ではある。だからといって、あのお調子者の馬頭鬼を好きにやらせておけば、それはそれで都に無駄な騒ぎが生じかねない。乱暴なようだが、やはり一条に歯止めを利かせてもらう必要があるのだ。——と自分を納得させて、部屋に戻った夏樹は、「桂、桂」と乳母を呼んだ。

乳母の桂は、寄る年波で視力は衰えても地獄耳だけは健在で、すぐさま邸の奥から飛んできた。

「はいはい。どうかなさいましたか、夏樹さま？」

元服を済ませて成人しても、桂にとって夏樹は乳をやって大事に育てた頃となんら変わっていないように思えるのだろう。その過保護ぶりをうっとうしく感じるときもないではないが、この邸に彼女がなくてはならない存在だということはよくわかっていた。

「悪いけれど、替えの狩衣(かりぎぬ)を持ってきてくれないか？」

「お安い御用ですわ。しばらくお待ちくださいな」

青鈍(あおにび)（灰色がかった青）の上着と袿(うちぎ)の裾をさばいて退室するや、桂はすぐさま新しい衣装を持って現れた。着替えを手伝ってもらいながら、夏樹は小首を傾(かし)げる。

「何かあったのかい？　妙にご機嫌のようだけど」

「まあ、おわかりになりまして？」

桂は指貫の腰紐を結んでやりつつ、実に嬉しそうな笑い声をあげた。

「深雪さまが明日からしばらくこちらに来てくださるのですよ」

夏樹は危うく「げっ」と言いそうになった。しかし、なんとかこらえ、

「そう……そうなんだ」

と平気なふりをする。

「驚かせてやりたいから夏樹さまには内緒にするようにと言われていたのですけど、ついつい顔に出てしまいましたわね。あとで深雪さまに叱られてしまいますわ」

「うん……桂を怒らないよう、ぼくからも言っておくよ」

不意打ちなど食らってはたまらない、教えてもらってよかったと、夏樹は内心ため息をついていた。

いとこの深雪は宮中で特大の猫をかぶっている分、埋め合わせとばかりに、夏樹の前では存分におてんば娘の素顔をさらけ出してくれる。その変わりようは毎度のことながら感心するほどだ。その深雪がうちに来る――遠慮会釈もなく羽をのばしに。

願わくばさっさと帰ってもらいたかった。が、深雪は夏樹のいとこである上に、彼と同じく桂の乳で育った養い子。この邸に訪ねてくるのを止めることはできないし、桂は

深雪に逢えるのを純粋に楽しみにしている。夏樹の性格上、否とはとても言えない。

「なんでも、弘徽殿の女御さまのおかげんがよろしくなくて、左大臣さまのお邸に女房のみなさまと実家帰りをされるのだとか。そうなれば、深雪さまも御所にいらっしゃるよりはお時間ができますからね。こちらでゆっくりすごされますわ」

「なるほど、そういうことか」

弘徽殿の女御の夏風病が長引いているのは夏樹も知っていた。それがまわりまわって自分の邸に深雪が来る原因になるとは。

いまさら嘆いたところでしょうがない。いつだって深雪は、やれ庭の梅を見せろだの、やれ桂は元気かだの、なんだかんだと理由をつけてはうちにやってくるのだ。そう……いつものことだ。嘆くほどでもない。

せめて暇になったのをいいことに無駄な長逗留をするんじゃないぞと、夏樹は秘かに願っていた。


翌日の昼過ぎ、さっそく深雪はやってきた。

新しい装束などの手みやげはあったが、それはすべて桂のため。夏樹には特にみやげはない。

わかっていたことだし、下手にもらえばあとが怖いから、夏樹はあえて催促はしなかった。ただひたすら、何事もなくお帰り願えるよう祈るばかりだ。

桂のほうはみやげに感動して、深雪を心からもてなした。普段は夏樹に甘い乳母だが、深雪とはたまにしか逢えない分、かわいさも増すのか、扱いようにもそれなりの差が生じる。

「お腹はすいてはございませんか？　そこはお暑うございませんか？　何かご入用の物はございませんか？」

　とうるさいぐらいに尋ね続ける。

「そういえば、少し口寂しいわね……」

　そう聞いた途端、桂は、

「では、鮎鮨を持ってまいりましょう」

　と、とっておきの鮨を深雪の前に並べた。

　宮中では女御に仕える側でも、身分的には中流でも、深雪も立派に貴族のお姫さま。場所が変われば、こうしてかしずかれる立場である。すっかりいい気分になって、深雪は優雅に鮨をつまみつつ、宮中での出来事などを話し始めた。

「それでね、左大臣さまのお邸に到着したのは、昨日の宵の頃だったの。牛車で訪れたわたしたちを大勢の家人たちが迎えてくれてね。彼らの手にした松明の火や、たくさんの篝火に照らされて、左大臣さまの二条のお邸は月の御殿もかくやと思うほどの素晴らしさだったわ」

桂はうっとりと夢見る顔になって息をついた。

「一の権勢を誇るお家柄ですものね。わたくしも一度でいいからそのようなところへ行ってみたいですわ」

貴族の邸といえば中流どころぐらいしか知らない彼女にとって、二条邸は美しい別世界の話だった。

夏樹も実は左大臣の邸をまだ見たことがない。御所を思い浮かべて、ああだろうかこうだろうかと想像するばかりだ。

「それでね、弘徽殿に来たばかりの新参女房が、牛車の物見の窓からお邸を見て、ぼうっとなっちゃって『初めて御所にあがったときもあまりのきらびやかさに目がつぶれるような心地がしましたが、いまもそのときと同じ気持ちがします』とか言うのよ。ここは先輩としての威厳を見せつけなくちゃいけないなと思って『そんなに浮わついていると、こちらのお邸に仕える女房たちにあなどられるわよ』って注意してやったの」

「まあ、さすがでございますわ、深雪さま」

「ところが同乗していた同僚が『なに言ってるの。伊勢の君だって、初めてここへ来たときは、こちこちに緊張していたくせに』ってばらすんだもの。たちまち化けの皮が剝がれて、大笑いされちゃったわ」

牛車の定員は四人。狭い空間に若女房を定員びっちりに詰めこみ、牛車は列をなして御所から左大臣邸に移動したらしい。さぞやうるさ——いや、にぎやかだったことだろう。

「お邸では左大臣さまや北の方さま、ご兄弟のかたがたがみなさん、女御さまをいたわってくださってね。そのせいか、昨夜も今朝もお咳は少しなさっていたけど微熱はなかったの。典薬寮の薬師がいかに使えないか、これで証明されたようなものよ」

おそらく、左大臣は愛娘のために高価な薬を山と取り寄せたのだろう。しかし、いちばんの良薬は実家でゆっくり休むことだったに違いない。

「女御さまが全快されたらお身内で宴をひらくんですって。あの美形の女御さまのお血すじですもの、左大臣さまはいぶし銀の美中年だし、大勢のご兄弟の中でもご長男の定信さまはすっごく凜々しいし、姉君も花のようなおかただし、絶対、目の保養になるわぁ」

こういう話を聞けば、まだ見ぬ美しい姉君とやらに興味を持つのが貴族の男なのだが、夏樹は「ふうん」とつぶやいただけだった。

あの女御さまのお身内ならそうなんだろうなと思いこそすれ、そこから先へ憧れを発展させたりはしない。どうせ高嶺の花とわかっているのも理由のひとつだが、もともと彼は色恋沙汰にあまり興味がなかった。

貴族の間では恋は重大な関心事。色好みという語が褒め言葉に近いような時代だ。しかし、夏樹は過去に国司の父のもとで田舎暮らしをしていたせいか、恋の駆け引きよりも仕事をしたり友人と話したりのほうが好きだった。

「とにかく、女御さまのご病気が治りそうでよかったよ。これなら、御所へも早くお戻りになってくださるだろうからね」

なんの気なしに夏樹が言うと、深雪は眉根を寄せ、

「馬鹿ね。久しぶりのご実家ですもの、しばらくゆっくりされるおつもりに決まってるじゃないの。去年の冬に大堰（嵐山）の別荘に移られたときから数えたら半年ぶりだし、この先、いつ実家帰りがおできになるか全然わからないのよ」

その口調にかちんときて、夏樹は慣れない嫌味を言ってみた。

「確かに、誰かさんみたいに用もないのにしょっちゅう宿下がりするのは無理だよな」

「なによ、その誰かさんって」

深雪の目尻がきゅっと吊りあがった。やはり、このいとこを怒らせるのは怖い。慣れぬ皮肉を使うよりはと、夏樹は鮎鮨をほおばってもぐもぐと言い訳した。

「いや。ただ、うちにばっかり来ないで、たまには自分の邸にも顔出したほうがいいんじゃないかと……」

途中で、この発言は深雪の神経を逆なでするなと気づき、夏樹は鮨が喉に詰まったふりをして場を取り繕った。

「あらあら、生意気な口をきいた罰があたったみたいね。うちのことなら、どうかご心配なく。優秀な家人や女房がきちんと管理してくれていますから。わたしはね、うちよりも桂が元気にしてるかどうかが心配だから、暇ができるたびにわざわざこちらに顔出ししているのよ」

「そのお心遣い、嬉しゅうございますわ。深雪さま、よろしければもっと鮎鮨を召しあがりませんか?」

上機嫌な桂はしきりに鮎鮨を勧める。深雪のほうも遠慮なくばくばく食べる。夏樹は毎度のことながら声に出さずに心の中でつぶやいた。

(いまの深雪のこの姿を、御所中の男たちに見せてやりたい……)

蔵人たちの中でも、深雪の人気は高い。みんな、彼女のかぶる特大の猫に騙(だま)されているのだ。

詐欺(さぎ)だと責めても、「表裏の使い分けは宮仕えをしている以上、当然」と本人は胸を張る。だが、ここまで極端なやつはなかなかいないと夏樹は思う。

(いや、もうひとりいたな)

隣家の陰陽生、一条だ。彼もまた、表裏をはっきり使い分けている。

どうして自分はいつも裏の顔を見る側なのだろうと嘆きつつ、夏樹は残り少なくなっていく鮎鮨をつまんだ。

「さて、と。お腹もいっぱいになったことだし」

鮎鮨の大部分をたいらげた深雪は、ぱんぱんに膨れたお腹に手を置いて満足げに微笑んだ。その笑顔のあでやかさだけは、人気の若女房・伊勢の君のものだ。

「わたし、東の市に行きたいの。夏樹、悪いけど付き合ってくれない？」

「市に？」

ほとんど条件反射のように夏樹の顔が歪む。深雪に頼みごとをされると、ついつい警戒してしまうのだ。

「どうしてまた」

「だって、今日は市がたつ日でしょ？　時間も余裕があるし、せっかくだもの、行ってみたいのよ。女御さまにも元気の出るような食べ物を買っていきたいし」

「まあ、なにも深雪さまが足を運ばれることはないでしょうに」

「そうだよ。そういうことなら、うちの家人を供につけてやるからさ。惟重あたりに頼めば……」

深雪の目がまたもや厳しくなる。桂も市行きには反対したのに、彼女がきつい視線を向けるのはなぜか夏樹だけだ。

「なによ、わたしといっしょには行きたくないとでも言う気？」

「いやいや、そうは言わないけれど、蔵人ともなればいろいろといそがしいんだよ」

「今日の出仕はもうないんじゃなかったの？」

「いや、今夜は宿直(とのい)だから。その仕度もあるし」

もっともらしいことを言って振り切ろうとしたのに、深雪は聞く耳を持たない。

「大した仕度でもないくせに。それに昨日は休みだったのに、どこにも行かずにうちでごろごろしてたんでしょ？　桂がそう言っていたわよ。つまり、出仕してからならともかく、邸にいる間は夏樹も暇なのよ。市に付き合うぐらい、些細なことじゃない。ねえ？」

「桂……」

よくもばらしてくれたなと乳母を横目で睨(にら)む。しかし、桂は知らぬ顔で、さっと立ちあがった。

「夏樹さまがごいっしょなら心配はいりませんわね。では、さっそくご用意をしてまいりますわ」

からの皿が載った高坏(たかつき)を持って逃げるように去っていく。要するに、夏樹はいとこのお守(も)りを押しつけられてしまったのだ。

「よろしくお願いね、夏樹」

「……ああ……」

断る口実はもうない。仕方なく、彼も市に行く準備を始めた。と言っても、大したことはしない。時間がかかるのは深雪のほう。牛車を車宿において徒歩で行くため、壺装束に着替えねばならないのだ。

袴は脱ぎ、長い髪は小袖の中に着こめ、腰のところで縛った紐に袿の裾の両端をはさむ。こうすれば貴族の女性特有の長い裾を引きずらずとも済む。どうせ市は混んでいるだろうから、ひっかけやすい市女笠はしない。代わりに被衣で顔を隠す。これに緒太の草履を履けば壺装束のできあがりだ。

常とは違う格好が嬉しいのだろう。深雪はずっと待たせていた夏樹の前に出ると、わざわざ一回転してみせてくれた。

「お待たせ。どうかしら、これ」

もちろん、機嫌を損ねないよう褒めておく。

「うん、きれいきれい。はい、じゃあ、さっさと行こうか」

「……心がこもってないわね。どんなに美しい言葉でも心がこもってなければ相手の胸には響かないのよ、わかってる？」

「はいはい。わかったわかった」

文句は聞き流しながら、夏樹は深雪とふたりで東の市へと向かった。

平安京には東と西に大きな市がたつ。西の市は早くに衰退していたが、そちらの分も引き受けるかのように東の市は大勢のひとでにぎわっていた。

通路の両脇にずらりと並ぶ小さな店。ひとつの店には定められた一種の商品しかおけない決まりだが、それでも店数が多いため不都合はない。若者から老人まで、さまざまな市人、市女が自慢の商品を手にして売りこんでいる。

「ほらほら、瓜だよ。水気たっぷりの瓜」

「この茄子をみとくれよ、上物だよ」

大声を張りあげているのは市人たちだけではない。客のほうもうるさい。

「おいおい、この魚、傷んでるんじゃないのかい？」

「ついでだから、もうひとつぐらい、おまけしてちょうだいよ」

さらに通行人をあてこんだ芸人も集まっていて、笛や太鼓で客の気をひいている。布教のために聖（寺院を離れて修行する僧）が太い声で経を読んでいたりもする。

市はまた、古くから男女の出逢いの場でもあった。男同士、女同士の少人数で歩いているのは、それぞれ恋人探しが目的だと言えなくもない。

深雪も好奇心たっぷりに視線をきょろきょろとさまよわせていた。特に、市の片隅で何やら話しこんでいる男女が気になるらしい。

「ほら、夏樹、あれを見てよ」

並んで歩く夏樹の袖をひっぱり、件の男女を指差す。

「こらこら、ひとを指差すんじゃない」

「だって気になるじゃない。ほら、男が手をつかんだわ。強引ね。でも、女のほうだってまんざらでもないみたいよ。なんだか、ほぼ決まりって雰囲気よね」

「いいから行こうよ。他人の恋路に口を出していると、馬に蹴られて死にかねないぞ」

野次馬根性を丸出しにする深雪を、夏樹はぐいぐいひっぱっていく。そうでもしないと、恋人たちの会話聞きたさに彼らにじりじり近づいていきそうなのだ。

しかし、ひっぱられつつも、深雪はめざとく別の恋人たちをみつけていく。

「あら、あんなところにも怪しい感じのふたりがいるわね。あ、そっちにも」

この方面への彼女の嗅覚は驚嘆すべきものがあった。夏樹が鈍い分、余計に鋭くなるのかもしれない。

「こんなに恋人たちが多いなんて、さすが東の市ね。わたしたちもきっと、まわりのひとからしたら恋人同士に見えるんでしょうね」

と、おそろしいことを言う。まわりの恋人たちにあてられて、妙に気持ちがあがっているようだ。

「ほらほら、こっちにもいるわよ。あら、女のほう……あの山吹の被衣、どこかで……」

「あ、あっちのほうでひとが集まってるぞ。何かやってるんじゃないかな。ほら、行ってみようよ」

ひとごみは嫌いだが、他人の恋路に首をつっこむよりはまし。そう思って、夏樹はいとこをぐいぐいひっぱる。

山吹の被衣の女が気になるらしく、深雪は最初こそ不満そうだったが、陽気な囃子(はやし)が聞こえてくると逆に夏樹より早足になった。

「傀儡(くぐつ)だわ！」

傀儡とは操り人形のことだ。ひとだかりの合間から、傀儡師が調子のよい歌に合わせ、操り人形を軽快に舞わせているのがちらりと見えた。

面白おかしい歌詞に、客たちがどっと笑う。それが聞きとれない客は、少しでも前に行こうと他人の背中を押す。夏樹たちもさっそくその中に飛びこんでいった。

深雪は要領がよくて、

「はい、ごめんなさい。ごめんなさいね」

と言いつつ、ひとの波間にすべりこんでいく。夏樹もその真似(まね)をしようとするが、なかなかうまくいかない。

いつの間にか、ふたりの距離が離れていった。見失っては大変と、夏樹は一所懸命に背のびをしていとこの姿を捜した。だが、同じような被衣をした女はけっこう多く、深雪の行方はわからなくなっていく。

もたもたしているうちにどんどん押され、見知らぬ他人に足を何度も踏まれた。そのうえ、夏の熱気とひといきれで、だんだん気分が悪くなってくる。

流れる汗。軽い吐き気。

（まずいな……）

大事に至らないうちにと、夏樹はひとだかりから離れようとした。

そんなときに遠くから聞こえてきたのは、ひとびとの悲鳴と怒鳴り声だった。それがだんだんと近く、大きくなっていく。

「危ないぞ！」

「逃げろ！」

なかば朦朧（もうろう）としていた夏樹が遅れて気づき、何事かと振り向くと——黒いものが砂ぼこりを蹴立てて通りの真ん中を突進してくるところだった。

口から泡を噴いた大きな黒牛だ。

「頼む、止まってくれ!!」

半泣きになった牛飼い童（わらわ）が牛を追っているが、興奮しきった牛の耳には届かない。誰も、その疾走を止められない。

傀儡の舞いに見入っていた観客たちは、まさに黒牛の進路上にいた。危険をいち早く察知した者は、我先にと逃げ始めていた。しかし、まだ牛に気づいていない者、わけがわからず固まっている者もいる。

逃げようとする流れと、それを阻む力とが押し合い、結果、多くのひとが悲鳴をあげて倒れこむ。

夏樹も押されて地面に倒れこんだ。逃げ惑うひとびとが彼の背中を踏みつけていく。悲鳴や罵声（ばせい）がいくつも聞こえ、その中には夏樹自身のうめき声も重なっていた。

急いで起きあがろうとはした。痛みも吐き気も忘れ、早く逃げなくてはとの危機感に突き動かされて。

そうやって半身を起こした夏樹が見たのは、すぐ近くにまで迫った黒牛だった。

牛の血走った眼（まなこ）、躍動する黒い筋肉、蹴りあげられた蹄（ひづめ）が、鮮明に目に焼きつく。まるで最期の映像であるかのように。

近すぎる。逃げられない。助からない。

夏樹はただ呆然（ぼうぜん）と、我が身が踏みつぶされるのを待っていた。

が、そのとき――彼と黒牛の間に立ちはだかった者がいた。

誰しもが、ふたりもろとも牛に蹴り殺されたと思った。そして、誰しもが次の展開に驚きの声をあげた。

飛び出してきた命知らずが拳を固め、迫ってきた牛の顔面を殴ったのだ。その途端、信じがたいことに、あれほど興奮していた牛が立ちすくんだ。

謎めいたその男はにやりと笑った。

「よしよし」

一転、なだめるように牛に声をかけ、その鼻面を撫でる。牛はしばらく鼻息を荒くしていたが、次第に落ち着きを取り戻していくのが傍から見ていてもよくわかった。代わりに、周囲の喧噪がよみがえる。いや、男への賞賛の声が加わった分、前にも増してうるさい。

歓声を浴びても観衆には一切、関心をはらわず、男は夏樹を振り返って、牛の動きを止めた不思議なその手をさしのべた。

「大丈夫か、坊主？」

「はい……」

坊主と呼ばれても気にならなかった。正確には、そんな些細なことに気をまわすゆとりもなかったのだ。

心臓の鼓動がなかなか鎮まらないままで、夏樹はまじまじと命の恩人をみつめた。下手をすればもろともに命を失っていたかもしれないのに、男は片頬に笑みを刻んでいた。その表情をまぶしいとさえ感じた。きっと、彼はいかなるときもその笑みを浮かべているのだろう。――と、夏樹は漠然と思った。

肩幅は広く、背丈もそれに見合うぐらい高い。鍛えられた身体は武人のものだ。危険のまっただ中に平気で飛び出していけたのも、腕に自信があったからに違いない。

　飛び出した際に落としたのか、烏帽子はない。髪は短く、結うのも難しそうだ。その点からすると身分の低い者かとも思えるが、身につけている木賊色（暗い緑色）の水干はこざっぱりとして品がよい。有力者の家に仕えている侍なのかもしれない。少なくとも、怪しい者ではなさそうだった。

　黙ってただじっとみつめる夏樹に、男は再度尋ねた。

「大丈夫か？」

　それでも黙っていると、

「頭でも打ったのか、坊主」

と軽口を叩く。茶目っ気たっぷりに片方の眉を上げて。

　正直なところ、夏樹はまだ、何が起こったのかすら把握できていなかった。だが、迫る黒牛の姿や押し寄せる人波が思い出されてくるにつれ、遅ればせながらじわじわと恐怖がこみあげてきた。

　いまになって、身体が震えてくる。冷や汗もどっと噴き出す。ひとに踏まれるにしろ、牛に踏まれるにしろ、自分はもう死んでいても全然おかしくなかったのだ。

　突然、ひとだかりの中から深雪が駆け出してきた。

「夏樹！」

大声でいとこの名を呼び、胸に抱きついてくる。感動の場面と言いたいところだが、彼女の頭が顎に勢いよくぶちあたり、夏樹の視界には瞬間、火花が散った。

「この馬鹿！　死んじゃったかと思ったじゃないのよ!!」

深雪は大声で怒鳴りながら、夏樹の胸もとをつかんで力いっぱい揺さぶった。首ががくんがくんと前後に揺れて、夏樹は目が廻りそうになった。

「ちょ、ちょっと待った」

深雪の手を押さえて、なんとか揺さぶるのをやめさせる。そして、恩人の顔をまた見上げようとしたときには——もう、そこに彼はいなかった。

夏樹はあわてて周囲を見廻した。牛飼い童がおとなしくなった黒牛を牽いて、逃げるように去っていく姿はみつけたものの、あの男の姿はどこにも見当たらない。

「そんな、名前も訊いてなかったのに……」

思わず口をついて出たつぶやきを、深雪が聞き咎める。

「そんなことより自分の身のほうを心配しなさいよ！　ほんとに怪我はないの!?　骨は!?　頭、打ったりしたんじゃないの!?」

骨折を心配するのなら、あんなに力いっぱい揺さぶるな、と言いたい気持ちをぐっとこらえる。深雪が大きな目に涙をいっぱいためているのに気がついたからだ。

普段は意地悪で乱暴でわがままで自己中心的で高飛車なくせに、本気でいとこの身を案じている。そう思うと、夏樹は口もとに笑みが浮かぶのを抑えられなくなった。

「なに笑ってるのよ！」

と叱られてしまったが、それでも微笑はひっこまない。

「ぼくなら大丈夫だから、泣くなよ」

「泣いてなんかいないわよ」

深雪は手の甲で乱暴に涙をぬぐい、顔を背けた。

「じろじろ見ないでよ、馬鹿」

なんと罵られようと、あの涙を見てしまった以上、腹は立たない。意外にかわいいじゃないかとさえ思えてくる。

（それにしても……）

夏樹は再び、あの男の姿を求めて周囲を見廻した。だが、やはり、みつけられない。

（いない……）

礼のひとつも言えなかったのがくやまれて仕方なかった。どうにかしてもう一度逢いたいが、名すら訊けなかった。どこの誰なのかわからなくては捜すのも難しかろう。

けれど、あの顔、あの不敵な笑みは絶対に忘れない。夏樹もそれだけは自信があった。

彼の印象は、それだけ強く脳裏に刻みこまれていたのだった。

東の市でいとこが危ない目に遭い、涙を流した深雪であったが、すぐにけろりといつもの顔に戻ってしまった。

そして、山のように瓜を買い、全部夏樹に持たせて左大臣邸まで届けさせた。「これはわたしを驚かせた罰よ」と言って。

夏樹はそのあとすぐうちに戻り、あわただしく用意をして出仕した。

ばたばたした一日になってしまったな――とぼやきつつ、内裏の中に設けられた蔵人の詰め所・蔵人所へと向かう。

帝の側近である蔵人の仕事は多岐に渡っている。公式文書を伝えたり、保管したりが本来の職務なのだが、いつしか帝の私生活に関するもろもろのことまで受け持つようになっていたのだ。

他でもない、あの帝の私生活である――

今夜も、蔵人たちをまとめる頭の中将が夏樹をともなって清涼殿に赴いていた。清涼殿は帝が生活する殿舎。つまりは、今上帝のお守りをするために出向いたようなものだ。

清涼殿の東面の孫廂で、帝はくつろいだ様子で脇息にもたれかかっていた。ひとばらいをしたので、そば近くにいるのは頭の中将と夏樹だけだった。

帝からも上司からも好かれている夏樹は、よくこういう場面に駆り出される。上の受けがよいことをうらやむ者も多いが、少々頭の痛いことがあって、夏樹本人は素直に喜べなかった。

今宵も厭な予感がしていた。内心びくびくしていると、案の定、帝がまた悪い癖を出し始めた。

「弘徽殿の女御が御所にいないと、やはり寂しいな。胸にぽっかりと風穴があいたような心地がする……」

脇息にもたれかかった若き帝は、そうつぶやいて扇で口もとを覆った。

弘徽殿の女御は美しく聡明で華やかな存在だ。お付きの女房たちもいなくなって、後宮は実際、静かになった。

が、他にも女御、更衣といった妃は大勢いるのだ。

「でしたらば、今宵は承香殿の女御さまをお呼びなさいますか？　あのかたは明るいご気質でいらっしゃいますから、主上のおふさぎもきっと晴らしてくださいましょう」

と頭の中将も勧める。しかし、帝はうんと言わない。

「確かに承香殿は明るくて面白いが、いまひとつわたしの気持ちをわかってくれないところがあるからねえ」

「では、藤壺の女御さまはいかがです？　博学なあのかたなら、きっといろいろなお話をお聞かせして主上のお心を慰めてくださいますよ」

「いや、そういう気分でもないのだよ、頭の中将。わからぬかな」

帝は眉間に寄せた皺から憂愁を漂わせ、わざとらしいため息を洩らす。

「ああ、この寂しさを癒やしてくれる姫君はどこかにいないものだろうか……」

出た。

と、そばに控えていた夏樹は内心思った。頭の中将もきっと同じ感想をいだいただろう。

これが帝の悪い癖。別名〈愛の狩人〉病だ。

後宮には数多の美女がいて寵愛を受けるのを待っているというのに、帝は、どこか違う場所に理想の姫君がいるのではないかと夢見ている。夢見るだけならまだしも、実際に探しにいこうとする。

ここまでくると、浮気性といった言葉では簡単に片づけられまい。今上帝がお忍びで恋人探しに行くなど、言語道断、前代未聞である。付き合わされるほうはたまったものではない。最近、頭の中将がつらそうに胃を押さえている場面を何度も見たことがあるが、それも絶対に帝のせいだと夏樹は確信している。

側近たちのそんな気も知らず、帝は立ちあがって殿舎の端近まで寄ると、御簾越しに夜空を見上げてつぶやいた。

「あの星たちがうらやましい。星の恋人たちは年に一度とはいえ確実に逢うことができるではないか。わたしなど、御所の奥深くに囚われて、運命の姫君にもいまだめぐり逢えずに……」

「おそれながら申し上げますが」

丁寧な言葉とは裏腹に、頭の中将は皮肉をこめて言った。

「七夕にはまだ早うございます」

旧暦七月は初秋。つまり、七夕は秋の祭りだ。

しかし、帝もへこたれない。

「わかっている。ものの譬えだ」

帝は元の位置に戻ってくると、繧繝縁の畳の上にどかりと腰を下ろして頭の中将を睨みつけた。

「この寂しさ、つらさは、相思相愛の妻を持つ頭の中将にはどうせわからぬのだよ」

「何を仰せられます。主上には数多のお妃がおられるではありませんか」

「こう言ってはなんだが、どれも自分で選んだ妃ではない。その点、そなたは大恋愛の末の結婚なのであろう？」

頭の中将の奥方のことは、夏樹も同僚たちの噂話で小耳に挟んだことがある。なんでも、左大臣の姫君で、弘徽殿の女御の異母姉にあたるひとらしい。

「わたしは思うのだ。そなたが経験したような大恋愛が、どうしてわたしに許されないのかと」

「ひとが無責任に噂しているような大恋愛ではありません」

頭の中将は心持ち顔を赤らめて否定したが、それは謙遜だろうと夏樹は思った。

聞いたところによると、頭の中将は少年の頃に父を亡くし、さしたる後見もなく、結婚当時はまだ身分もさほど高くなかったらしい。そんな彼が左大臣家の姫君を妻とするには、たとえその姫が正室の子ではなくとも、いろいろと障害があったはずだ。

しかし、持ち前のねばり強さで万難を退け、いまや左大臣家の姉姫は彼の妻に。帝の信頼も得て、頭の中将という地位にまで就いている。

(やっぱり、すごいひとだよな)

夏樹はすっかり感心して、まぶしいものを見るように頭の中将を眺めた。

(それにひきかえ、主上は……。あ、いやいや、なんでもない)

この上なく尊いおかたのことを悪く考えてはいけない。そう自分を戒めて、あとに続く言葉はうやむやにする。

一方、帝はまだぐずぐずと駄々をこねていた。

「なんというか……この夏の夜の月が、わたしを運命の出逢いへと導いてくれそうな気がするのだ。頭の中将、こそっと車を用意してはくれないかのう」

懲りない帝にさすがに堪忍袋の緒も切れたらしく、頭の中将は首を横に振りながら語気を強めた。

「いけません、いけません。もう幾度もお忍びで出かけられたではありませんか。それでも運命の姫君はみつからなかったのですから、きっと今夜も無駄足になりましょう」

「いくらそなたでも、あんまりな言いようだぞ。ならば、頭の中将にはもう頼まぬ。新蔵人！」

「は、はい」

宮中での呼び名をいきなり口にされ、夏樹は背すじをしゃんとのばした。

「供はそなただけでよいから、すぐさま車の手配を」

こんな命令に素直に従うわけにはいかない。かといって、六位の蔵人風情が帝に逆らうこともできない。困っておろおろしていると、頭の中将は急に声を低くして帝に呼びかけた。

「主上」

怒鳴られるよりもかえってこういう静かな態度のほうが怖いらしく、帝はぴくっと肩を震わせる。頭の中将は淡々と続けた。

「せめて弘徽殿の女御さまがいらっしゃらない間はお慎みくださいませ。ご不在のおりの外出が、万一、お耳に入りましたら、女御さまはきっとお悲しみになられますから」

「……わかった……」

あれほど騒いでいた帝が、臣下の迫力に気圧されてこくこくとうなずいた。おそらく、忍び歩きが女御の耳に入ったときのことを想像したからに違いない。

「そなたの言うこともももっともだ。では、弘徽殿が帰るまでは身を慎むとしようか。しかし」

急に表情を明るくし、帝はがらりと口調を変えてきた。

「弘徽殿が戻ってきたら出かけよう。ならば構わぬのだろう？」

「それは……」

「不満か。だが、わたしも耐えているのだ。そなたもともに耐えるべきであろうが」

「ともにとおっしゃられても……」

渋る頭の中将を相手に帝は粘り続け、結局、今宵の外出を諦めることを条件に無理矢理、先の約束をさせてしまった。

やはり、主上は頭の中将さまとまた違った意味ですばらしい、いおかただと、夏樹は半分あきれつつも半分妙に感心したのだった。

東の市で思わぬ出来事がありはしたが、深雪は買い物もきちんと済ませて、陽が暮れる前には左大臣邸へ戻っていた。

女御へのみやげに手に入れた瓜を、ちゃっかり夏樹に運ばせてやったから、少し気分はいい。汗だくでひいひい言っているあの顔を、もっと長く眺めていたかったぐらいだ。なにしろ、彼は深雪を死ぬほど心配させるという大罪を犯したのだ。あの程度の罰は当たり前だ——と彼女はなかば本気で考えていた。

けれど、胸のうちで切なくつぶやいてもいたのだ。

（あの程度で泣くなんて、わたしもやっぱり夏樹には弱かったっていうこと……？）

もうずっと前から、深雪はいとこに恋をしていた。

やたらとあの邸に押しかけ、意地悪を言って夏樹を振り廻すのも、彼を構いたいからだ。しかし、もとより鈍感な夏樹には矛盾をはらんだ複雑な機微などまるで伝わらない。深雪もこうなると素直に告白はしづらい。できることなら、むこうのほうが何かのきっかけで、

「真実の愛はこんな近くにあったんだ。あまりに近すぎて、いままでわからずにいたよ」

と、雷にでも打たれたかのように突如悟り、

「深雪、こんな愚かなぼくを許してくれるかい？」

などと訴えて、こちらを遥かに凌駕するほど、恋の炎を燃やしてくれればいいのにと

思う。手前勝手な夢想であることは百も承知。こんな恥ずかしい願望をいだいているなど、他人(ひと)にはとても言えないが……。

物憂いため息が自然にこぼれる。それを耳にした弘徽殿の女御が深雪に声をかけてきた。

「伊勢は疲れているようね。もしかして、あなたも風病をひいたのではなくて？」

深雪はハッとして顔を上げた。夏樹のことを考えていて、うっかり失念していたが、ここは左大臣邸の寝殿の一室、弘徽殿の女御の御前(ごぜん)だったのだ。

他の女房たちもずらりとそろい、そのうえ、女御の長兄と異母姉が見舞いに訪れている。そんな場面で心ここにあらずの顔をさらし、あまつさえそれを主人に指摘されるとは、女房としての心構えがなっていないとそしられても仕方ない。

そう恥じて赤面した深雪だったが、誰も彼女を責めはしなかった。それどころか、長兄の定信が優しい言葉をかけてくれる。

「環境が突然変わったのだから、疲れたのだろう。他の者もあまり緊張せずにゆっくりとすごしておくれ」

女御の兄、定信も貴公子然とした美男子だった。血筋ゆえか、育ちゆえか、風雅な青色の直衣(のうし)と紫の指貫がとてもよく似合っている。

「あ、ありがとうございます……」

夏樹ひとすじの深雪も、彼に話しかけられればぼうっとならずにいられない。夏樹が片想いの相手なら、定信は憧れの君なのだ。

その定信との間に几帳を置いて座しているのが、異母姉の美都子。頭の中将の奥方だった。

撫子（表が紅、裏は薄紫）の上着に裳を身につけた彼女は、女御と同い年くらいにしか見えなかった。三文字の女名はこの時代では古めかしいものとされているし、姉妹の年は十近く離れていたはず。なのに、内気な少女のような愛らしさだ。

襲の名になっている撫子の花には、かわいい子という意味がある。美都子はまさにそのような雰囲気を自然と漂わせていた。

「女房たちも大変でしょうが、女御さまも昨日こちらへお移りになったばかり。お疲れなのではございませんか？」

「そんなことはありませんわよ、姉上。本当のところ、もうすっかりいいんですの」

同じ姉妹とはいえ、帝の女御と頭の中将の妻とでは、当然、前者の身分のほうが上になる。妹にへりくだるのも、姉だけが裳をつけているのも（同席した場合、身分の高いほうが略装に、低いほうがより畏まった服装となる）、それゆえだ。

加えて、女御は正室腹の姫君、美都子は脇腹の庶子。しかし、このふたりは左大臣の子たちの中でも特に仲がよかった。

今様色（濃い紅梅色）のしゃれた小袿を着た女御は、花に譬えるならば満開の桜のよう。そして、撫子の花のように可憐な頭の中将の正室。女房たちの憧れの君、定信の中納言もいて、場所は左大臣邸の正殿である豪華な寝殿。

この家に繁栄をもたらす大事な女御のために、部屋には大和絵の屏風、香り漂う香染（黄褐色）の几帳、螺鈿蒔絵の二階厨子など贅をこらした調度品が集められている。

庭から吹いてくる夏の夜風に御簾がさらさらと鳴るのもゆかしい。

燈台の灯火に照らされた美しいひとびと、美しい物たち。まわりをとりまく女房たちは羨望のまなざしで見守る。まるで物語の中にまぎれこんだようだと——

「普段はなかなか逢えぬおふたり、積もる話もありましょう。ましてや、女人の語らいに男が混じるのは無粋というもの。わたしはこれで退散するといたしましょうか」

そう言って定信がすっと立ちあがる。女房たちは「えーっ」とはしたなく騒ぎこそしなかったが、みんなそうしたいのを必死でこらえる顔になる。

彼女たちの気持ちを察してか、弘徽殿の女御が兄を引きとめようとした。

「兄上、もう少しお待ちくださいな。冷えた瓜がありますのよ。小宰相の君と伊勢の君がそれぞれ持ってきてくれましてね」

深雪が先輩女房の小宰相の顔をうかがうと、むこうもこちらを横目で見ていた。視線が合い、ふたりはなんとはなしにうなずき合ってから目をそらす。

（――小宰相の君も東の市に行ったのかしら。それとも、ひとをやって瓜を手に入れさせただけなのかしら）

そんなことを深雪は考えていた。東の市の片隅で男と話していた山吹の被衣の女が、背格好など小宰相によく似ていたように思い出されてきたからだ。だが、すぐに、

（まさかね）

と思い直す。謹厳実直、女御さま第一で色恋沙汰にあまり関心のない小宰相が、大胆に市で男と逢うなどとは、やはり考えにくかった。

きっと他人のそら似よ、のひと言で片づけ、深雪はすぐに忘れて、定信の魅力的な笑みに注目した。何も彼女だけではない、その場にいた女房の全員の目が、この貴公子にさりげなく向けられている。当人もそれを知ってか、

「その瓜は女御さまのために用意されたものでございましょう。どうぞ、わたしのことはお気になさらずに、瓜を召し上がりつつ、心ゆくまで語り合ってください」

定信が静かに御簾を上げた。すると、外から射しこんできた月光が彼の優雅な姿をさらにきらきらと輝かせた。

女房たちの視線は完全に定信ひとりに釘付け（くぎづ）けとなった。この場に女御がいなければ、彼女たちもはしたなく大騒ぎしていただろう。しかし、いまは、衣（きぬ）ずれの音をさせつつ去る定信を熱くみつめるだけで我慢するしかない。

場の空気を読み取って、弘徽殿の女御は袖で口もとを覆い、ころころと笑った。

「定信兄上はあいかわらずね。みんな、あの顔と雰囲気づくりに騙されては駄目よ」

彼の立ち居振舞いに心を奪われていた女房たちは、この発言に聞き捨てならぬと抗議を開始する。

「無理ですわ、女御さま。あれほどまでに素敵なかたなのですもの」

「そうですわ。女御さまは定信さまのお身内ですから、そうおっしゃることがおできになるんですわ」

「わたくしたちなんて、目が合っただけでぽうっとなってしまいますのに」

「あらあら、定信兄上は本当に人気があるのね」

女御は笑うが、左大臣家の御曹子という生まれと高い地位にあの容姿が加われば、宮中の女たちが浮き足立つのも無理からぬことだろう。恋人になれずともせめておそばに仕えてみたいと切望するのは、なにも彼女たちだけではあるまい。

「それでも、わたくしは当代の殿方の中でいちばん素敵なかたは主上だと思っていてよ」

女御の言葉に女房たちは一瞬、気を呑まれ、それからいっせいに笑いさざめいた。異母姉の美都子もつられて微笑む。

「きっと、いまごろ主上も寂しがっていらっしゃいますわ」

「頭の中将を困らせているかもね」

姉妹はそう言い合って、くすくすと笑った。なかば冗談だったのだが、実際このとき、夜歩きしたいと駄々をこねている帝を、美都子の夫の頭の中将がなだめすかしていたのだ。帝の浮気ぐせは周知の事実でも、実際に忍び歩きまでやらかしていると知る者は、頭の中将をはじめとした蔵人以外ほとんどいなかった。

姉妹は楽しく語り続け、夏の夜はふけていく。

当初は頭の中将の邸に帰るつもりでいた美都子も、話が長引いたうえに女御に強く勧められたので、泊まっていくことになった。

女御の御帳台（四方に帳をめぐらせた天蓋付きの寝台）のすぐ隣に彼女のための寝具が用意され、明かりを落としてからも、ふたりはしばらく思い出話などを語り合っていた。その仲睦まじさは母親が違うこともまったく感じさせない。

姉妹の寝所より一段下がった廂の間で、女房たちは几帳や屏風を間仕切りとして立て、眠っていた。

左大臣邸での待遇はことのほかよく、宮中と比べると仕事量も少なくて、快食快眠の生活だ。しかし、夏の夜の蒸し暑さはどこも同じ。みなが寝静まった深夜、深雪は暑さのせいで目を醒ましてしまった。

身につけた単衣は汗で湿っている。せめて外の風にでも吹かれようかと、深雪は長い髪をかきやり立ちあがった。

熟睡している同僚たちを踏んだりしないよう、暗闇の中を慎重に歩む。廂の間から南面の簀子縁へ出ようとして、深雪はハッとし、足を止めた。廂の間の端に立つ人影が見えたからだった。

人影は蔀戸を少しあけ、隙間から外を覗(のぞ)いていた。洩れくる月の光が、その姿を照らす。

母屋で寝ていたはずの美都子だった。

薄物の白い単衣からはまろやかな肩の線や肌の色が透けて、妙になまめかしい。撫子の襲を身にまとい、少女のように微笑んでいた昼間の彼女とは別人のようだ。

表情のせいもあったろう。美都子は唇をきつく結び、瞬(まばた)きもせずに強(こわ)ばった表情で何かを一心にみつめていた。声をかけるのがはばかられるほど真剣なまなざしだった。小さな顔がひどく青ざめているのも、月の光を受けているせいだけではあるまい。

何をそんなにみつめているのか。

気になった深雪は、美都子の背後に廻ってこっそり近寄ろうとした。が、すぐに美都子に気取(けど)られてしまう。振り返った彼女はひどく驚いた顔をしていた。

「何をしているの？」

そう訊きたいのはこちらのほうだった。

「蒸し暑かったもので風にあたろうかと思いまして……御方（おかた）さまこそ、こちらで何を？」

「わたくしはただ」

美都子は深雪の顔から外へと視線を転じた。

「夢を見て目が醒めてしまったの。眠ろうとしたのに、どうしてもできなくて。だから、なんとなく外を見ていただけ。それだけよ」

それにしては何やら真剣なご様子でしたねと言いたかったが、美都子の顔を見ていると何も口にできなくなってしまった。

さっきとはまた違う表情——彼女はいまだ夢の中をさまよっているかのように、遠いまなざしで外を見やった。

「女御さまと昔のお話をしていたから、いろいろと思い出してしまったようね……」

視線の向かう先に、夢で見た光景が実際に広がっているかのように、美都子は懐かしげにつぶやく。当人にとって大事な記憶であることは訊かずとも推し量れ、深雪の好奇心の虫は大いに騒いだ。

「どのようなことを思い出されたのですか？」

「いろいろよ。たとえば、結婚前の、無邪気だった娘時代の出来事とか——」

具体的な内容を聞かせてくれるのかもと深雪は期待したが、美都子は胸にそっと手をあてて、目を伏せた。

「不思議ね。言葉にしようと思うと夢のように消えてしまうわ。もう戻らないのね。あの日々は」

ああ……と、深雪も落胆の息を洩らした。だが、強要はできないし、そもそも他人の大切な思い出にみだりに触れていいはずはない。そう自戒する一方で、そんな特別なものならば、過ぎれば毒にもなりかねない気がして、心配にもなる。

「いくら涼しくとも、夜風を受けすぎてはかえってお身体に障りますわ。褥に戻られたほうがよろしくはありませんか?」

「そうね」

美都子は小さくうなずいて、蔀戸から離れた。実際にはないものを見ていたような、あの不思議な表情はもう完全に消えている。深雪はホッと胸をなでおろした。

「伊勢の君……でしたかしら? あなたも暑くてつらいでしょうけれど、ちゃんと眠らなくては駄目よ」

「はい、御方さま」

蔀戸を下ろすと、廂の間は真っ暗になったが、美都子は迷うことなくまっすぐにもとの寝所に戻っていった。

深雪は手探りで進み、それでも同僚たちを踏んだり、屏風に激突したりするような失敗はなく、なんとか無事に自分の褥にまでたどりつけた。

しかし、横たわって目を閉じると美都子が――愛らしい少女のような彼女ではなく、月の光を浴びた艶めかしい姿でまぶたの裏によみがえってしまう。御方さまは何を眺めていたのだろうかと考えてしまい、蒸し暑さも加わってなかなか寝つけない。なんとか眠れはしたが、熟睡とまでは至らない。

結局、鳥のさえずりが聞こえる頃にまた、深雪はぱちりと目を醒ました。同僚たちは全員、眠っている。みなが起きる時刻にはまだ至っていないのだ。が、ここで二度寝をしたら起きられないような気がして、深雪はしぶしぶ身を起こした。気になって、女御たちが寝ている母屋をうかがうも、あちらも静かだった。あのあと、美都子のほうはちゃんと寝つくことができたらしい。

よかった、と安心すると同時に、

(御方さまは昨夜、何を見ていらしたのかしら)

そんな好奇心が再び湧き起こり、深雪は褥からそっと起きあがった。眠る同僚たちの間を足音を殺して通り抜け、蔀戸までたどりついてから、念のため後ろを振り返ってみる。幸い、誰ひとりとして起きてはいない。深雪は安心して、蔀戸をそっと押しあげた。

夏の夜はもうほとんど明けかけていた。

太陽はまだ、山のむこうから顔を出してはいなかったけれども、空には紫がかった雲が細くたなびき、早起きの小鳥たちがいそがしく飛び交っている。

もうしばらくすれば、東の山のむこうから太陽が顔を出し、まばゆい光で夜の名残の幻を追いはらってくれるだろう。早朝の涼しい風を受けつつ、深雪はそう期待した。だが、気がかりなことがまだひとつ。

この蔀戸から美都子がしていたように視線をめぐらせると、南庭の池を見やる形になる。その周辺、反橋を渡した小島にも特に変わった点はない。

しかし、池の対岸の築山あたりには家人たちが二、三人いて、何やらごそごそと話している。こんな朝早くに彼らはあんなところで何をしているのか。

どうしても好奇心を抑えがたく、深雪は袿を羽織ると簀子縁へと飛び出していった。勾欄から身を乗り出して扇を力いっぱい振り、家人たちの注意をこちらにひきつけようとする。

しばらくして、むこうもようやく気づいてくれ、築山に登った家人のひとりが池の端をぐるりと廻っておそるおそる近づいてきた。相当の恥ずかしがり屋なのか、深雪の顔を見ただけで頬を真っ赤にしている。

「あの、女房さま、どうされまし……」

「あそこで何をやってるの？」

深雪の勢いに気圧され、家人はおどおどしながら答えた。

「はあ、あの、あそこの築山が、ついさっきみつけたのですが、いつの間にか、何者かに、いえ、何かに踏み荒らされておりまして。ええ、あのあたりに咲いていた撫子が、めちゃくちゃに。それで、これはいかなることかと、仲間内で話しておりましたところで。いえ、それほど気に病むようなことでも、ないとは思われますが、女御さまも御滞在の折、万々が一のことがあってはと。あ、もちろん、わたしどもの気の廻しすぎかと――」

いちいち深雪の反応をうかがうようにして、つかえながら説明をする。もともと気長なほうではない深雪はじれったくてしょうがない。

「それで？　あなたは何が撫子を踏み荒らしたと思うの？　はっきり言って」

直接、意見を求められて、若い家人はますます顔を赤らめた。

「あの、あの、昨日は、あんなじゃなかった、ですから、たぶん、夜のうちに、誰かがあそこで、馬を放ったのでは、ないか、と」

「馬を？」

「蹄の跡が、地面に、それから……」

「それから？」

「蹄の跡は、築山だけじゃなくて、普段は、絶対、ないようなところにも、あったんです」

「どこなのよ、そこは」

いらいらして先を促すと、家人は泣きそうに顔を歪めた。

「妙なことを言うと、思わないでくださいますか……」

さすがにかわいそうな気がして、深雪は少し口調をやわらげた。

「思わないから、包み隠さずに言いなさいな」

「はい……その……」

家人はそれでも口ごもっていたが、深雪が切れそうになる寸前でやっと白状した。

「築地塀の、上の屋根に、残っていたのです、蹄の跡が」

深雪は庭のむこうへ目を転じ、邸の内と外とを分ける築地塀を見やった。

離れていてよくはわからないが、地面から塀の屋根までの高さは一丈（約三メートル）近くあるはず。あれを馬が飛び越えて庭に侵入し、築山で撫子を踏み荒らしたあと、また塀を越えて去っていったというのか。

「こちらのお邸の馬だったのじゃないの？」

「いえ、一頭たりとも、厩から逃げた馬はいません」

家人はしきりに築山のほうを気にしていた。あちらに残った彼の同僚たちも、仲間を手招きしている。女房相手にいつまでも鼻の下をのばしてないで早く来い、と催促しているのだろう。

「すみません、もう行って、よろしいでしょうか？」

「いいわよ。どうもありがとうね」

若い家人は露骨にホッとした顔で、仲間たちのもとへと逃げ戻っていく。

深雪の興味はすでに家人から完全に離れていた。それよりも、怪しい蹄の跡が残っていたという塀と築山が、ここからよく見えるほうが気になった。

深雪のちょうど真後ろにある蔀戸のところで、深夜、美都子はたたずんでいた。つまり、あのときの彼女には、塀も築山もちゃんと見えていたはずだ。もしかしたら――

(御方さまは、昨夜、築地塀を乗り越えてくる馬をご覧になったのかもしれない)

かもしれないとつけたものの、深雪の中ではそれはすでに確信となっていた。

(なのに、驚きもせず、懐かしげに眺めておられた……?)

その理由など、彼女にはわかるはずもなかった。

第二章　蛍　火

　夏は生命に満ちた季節だが、同時に死に満ちた季節でもある。たとえば毎日鳴き続けている蝉も、土の中から出てきた順に地面に落ちて、いつしか乾いた死骸をさらす。ひともまた、例外ではない。

　夏樹の邸でも、いままさにひとつの命が消えようとしていた。長年、熱心に仕えてくれた家人のひとりで、名は惟重。夏樹が生まれる前からここにいて、もうかなりの年になっている。

　まだまだ元気なように見えていたのだが、この年齢に夏の猛暑はこたえたのだろう。少々体調をくずしたのがきっかけで、あっという間に枕もあがらぬほどになってしまった。

　今日も御所から戻ってくるや、夏樹はまっさきに桂に病人の具合を尋ねた。少しは快方へ向かっているかと期待したのだが、応える乳母の表情は暗い。

「夏樹さまが呼んでくださった薬師もさじを投げて……。身内のところへ早くお戻しになるようにと言っておりました」

　とはいえ、惟重には頼るべき身内はいない。妻に死なれ、ひとり息子にも先立たれた天涯孤独の身の上だ。

　この時代の貴族は死を穢れとみなして極端に嫌う。ゆえに、死人を出した家の者はこの穢れにふれたとみなされ、神事や参内が一定期間できなくなってしまうのだ。

　つまり、薬師は、この病人はもう助からないから早く家から出してしまうようにと暗に示したのである。しかし、身寄りのない病人を追い出すことなど夏樹にはできるはずもない。

　日常着の狩衣に着替えると、夏樹はすぐに惟重のもとへ赴いた。

「ぼくだけど、邪魔するよ、惟重」

　声をかけたが、病人は眠っているのか反応はない。御簾をあげてそばに近寄っても、惟重は目をあけなかった。

　心配して覗きこんだその顔は土気色。目はおちくぼみ、燈台の火を受けて濃い影を落としている。まるで髑髏にかろうじて皮が一枚張りついているかのようだ。

　あとからついてきた桂が、

「よく眠っています。でももう、水菓子（くだもの）すら食べられないのですよ」

　と小声で説明する。それが聞こえたのか、惟重はゆっくりと目をあけた。重そうに瞬きをして、夏樹の顔をじっと見上げる。

「ごめんよ、起こしちゃったね」

夏樹が微笑みかけると、病人は乾いてひび割れた唇をどうにか動かした。ひゅうひゅうと息を洩らしながら、途切れ途切れに訴える。

「わたしは、もう……ですから、夏樹さま、どうかこの年寄りを、いまのうちに鳥辺野へお連れくださいませ」

鳥辺野は葬送の地。惟重は自分の死で主人に迷惑をかけるのを恐れ、息のあるうちに棄ててほしいと言っているのだ。

これがこの時代の考えかた。病人は追い出せと勧めた薬師が特に冷たい人間だというわけでもない。棄てられるほうでさえ、仕方がないと納得できているのだ。

けれど、本人が許したからといって夏樹は自分の考えを曲げるつもりもなかった。

「何を言ってるんだ。そんなことを考えるから治るものも治らないんだよ。さあ、しっかりして、気持ちをちゃんと持って。隣の陰陽生が戻ってきたらすぐに病魔退散の祈禱をしてもらうから。あいつの力はすごいんだよ。治せないものなんてきっとない、惟重もすぐによくなるって。もしかして、誰だかわからないくらいに若返るかもしれないぞ」

惟重は弱々しく笑って目を閉じた。夏樹は一瞬ぎょっとしたが、病人の胸はまだ静かに上下していた。表情も先ほどよりは穏やかになっている。

「夏樹さまのお言葉に安堵したのですわ」

そう言う桂は、夏樹の肩を押して彼を簀子縁へと連れ出し、真面目な顔で、

「差し出がましいようですが」

と切り出した。先の展開が見えた気がして、夏樹はいやそうに顔をしかめる。

「本当によろしいのですか。このまま、惟重をとどめおいても」

「桂も鳥辺野に棄てろって言うのかい？」

夏樹が睨みつけると、桂はゆっくりと首を横に振った。

「いいえ。夏樹さまならそんなことはなさらないとわかっていましたから。ですが、隣の陰陽生などよりも僧侶をお呼びくださいませ。陰陽師に病魔退散を依頼するよりも、惟重には最期に仏さまと結縁させてやったほうがよいと、桂は思います」

夏樹は驚いて乳母の顔を凝視した。

「そんな、あきらめるにはまだ……」

「惟重は寿命でございます。当人は平気なふりをしておりましたが、実はかなり前から身体の痛みがあったようなのです。今度のことも、暑さに負けたというよりは……」

言葉を濁してうつむく。惟重とはあまり接点のなかった彼女も、こたびのことには胸を痛めているのだ。

惟重は働き者だがいまひとつ目立たない存在でもあった。それが災いして、誰も彼の不調に気づかなかったのかもしれない。もしあのとき気づいていれば——と思う者は、この邸のいたるところにいるだろう。

「そういうことなら、なおさらちゃんと治してやらないと。桂、ぼくはこれから隣に行ってくるから、惟重を看(み)ていてくれないか？」

「夏樹さま」

桂は強い口調で夏樹の言葉をさえぎった。

「どうか、隣に行かれるのはやめてくださいまし」

「また、桂の陰陽師嫌いが始まっ……」

「いえ、わたくしは陰陽師が嫌いだから申しているのではありません」

強い調子で言い切り、それを証明するように夏樹の目をまっすぐにみつめる。

「惟重に必要なのは来世への功徳を積むことであって、今生(こんじょう)にしがみつくことではないと思うのです。仮に、祈禱で惟重の病が治ったとしましょう。それでも、また何かのきっかけでこうなりかねません。惟重ももう年です。外法(げほう)で命ぎたなく生き延びるより……」

「一条は外法使いなんかじゃない」

自分でも仰天するほど大きな声が出てしまい、夏樹はあわてて口を手で押さえた。桂も驚いたらしく、目をぱちくりさせている。

「怒鳴って悪かった」

と、夏樹はすぐに謝った。

「でも、僧侶は呼ばない。一条が帰ってきたら、すぐにうちに来てもらい、祈禱をお願いするよ。これだけは譲れないからね。いくら桂が駄目だと言っても」

こんなふうに面と向かって乳母に逆らったのは、もしかしたら初めてだったかもしれない。泣きながら怒り出すだろうなと夏樹は覚悟したが、実際はそうならなかった。むしろ、微かに笑みすら浮かべて桂は言った。

「きっと、桂のときにも、夏樹さまはこんなに懸命になってくださるのですね」

「桂……。そんな不吉なこと、言わないでくれないかな」

夏樹はわざと邪険に言い返した。惟重があんな状態で、いやでも死を感じずにいられないいまこのときに、そんなことを言われるのが、たまらなく厭だったのだ。

早くに母親を亡くした彼にとって、桂は普通の乳母以上に大切なのだ。彼女がいなくなるなど、考えたくもない。

もしも、彼女が惟重のように明日をも知れない病の床につき、こうすれば助かると誰かに告げられたなら、それが外法だろうがなんだろうが構ってはいられない。夏樹はきっと、自分の魂すら売り渡すだろう。

彼の気持ちが伝わったのか、夏樹が隣の邸に走っても、桂はもう何も言わなかった。

たとえ止められて、一条ではなく僧侶を呼んだとしても、結果的には同じだったのだ。

隣の陰陽生は夜が明けても帰ってこず、惟重もついに目醒めることはなかったのだから。

身寄りのない惟重は、故人の希望通りに鳥辺野へ葬ることになった。陽射しのやわらぐ黄昏どきになってから、遺体に薦をかぶせて荷車に載せ、野辺送りへ出発する。これには夏樹も付き添った。

桂はそこまですることはないと反対したのに、またもや彼女の意思に逆らってしまった。最後の最後までしっかり見届けてやらねばならない、それがせめてもの償いだと彼は思ったのだ。

薬師もつけたし、追い出すことなく邸で死を迎えさせた。死したのちは僧侶を呼んで読経もさせた。償いだのなんだのと考える必要もないはず。それでも、夏樹は悔いていたのだ。

桂の言う通り、まだ息のあるうちに僧侶を呼べばよかったと。そうすれば、惟重も御仏の導きにより、暗い黄泉路をもっと楽に行けたかもしれないのに。

自宅に帰ってこなかった友人を恨んではいない。彼がいそがしい身であることは、夏樹も重々承知している。いつ命が消えてもおかしくないと薬師に言われていたのに、一条が帰るまではもつだろうと高をくくっていた自分がひたすら情けないだけだ。

夏樹は重く沈みこんだ気持ちを引きずったまま、鳥辺野に到着した。もっと早くに着く予定だったのに、荷車を牽く牛がこういうときに限って言うことを聞かず、日はとっぷりと暮れてしまった。

ここは京の東のはずれ。住むのは死者であって、墓はあれど民家はない。道端には客を迎えるように、口をあけたしゃれこうべがひとつふたつと転がっている。

折れた卒塔婆、犬が掘り返した骨壺、放置された棺、板に載せられたままでまだ繋がっている骨。空気もなんとはなしに重い。

明かりは、弔いについてきた家人の掲げる松明と、夜空の月と星しかない。そして闇は、生者を押しつぶそうと狙うかのように濃厚で、物の怪じみている。

いや――他の明かりがないわけでもなかった。

周囲の暗闇をびくびくしながら見廻していた牛飼い童が、震える指で突然、彼方を指差した。

「あれ……あれはなんなんでしょうか」

青白い光がひとつ。

月でも星でも松明でもない光が、地面すれすれを頼りなげに漂っている。そればかりか、ふたつ、みっつと見る間に数を増やしていった。

「ひ……人魂!?」

おびえた家人がそう叫んだと同時に、どこからともなく笛の音が聞こえてきた。一音だけが、長く高く闇に響く。

美しいと感動さえできたろう笛の音も、宵の鳥辺野で聞くとすさまじく恐ろしい。ひょっとして、笛ではなく鬼が哭いているのではないかと思うほどに。

怪しい光のせいか、笛の音のせいか、牛飼い童はぎゃっと悲鳴をあげて転んだ。それがきっかけとなり、他の家人たちも悲鳴とともに松明を投げ捨て、来た道を一目散に逃げ戻っていく。

走らなかったのは夏樹と尻餅をついた牛飼い童だけだった。

夏樹はふわふわと虚空を漂う光をみつめ、笛の音に耳を傾け、腰に帯びた太刀の柄に手を置く。逃げそびれた牛飼い童は彼の背中にしがみつき、

「夏樹さまぁ、夏樹さまぁぁ」

と、どこかの誰かのような情けない声をあげた。

「黙っているんだ」

短く命じると、牛飼い童はぐっと唇を噛んで押し黙った。代わりに、夏樹の背中に顔をうずめて声を出さずに泣きじゃくる。

この牛飼い童と自分と、そして惟重の遺体を守らなくてはならない——夏樹はそう思って身構えたが、すぐにその緊張を解いた。

彼の見ている前で、青白い光はいくつもに分かれたり、またくっついたりして不規則に飛ぶ。その正体がわかったのだ。

「蛍だ」

「え？」

牛飼い童が顔を上げる。そこへ群れからはずれた蛍が一匹、虚空をすべるように飛んでくる。童はひっと叫んで、再び夏樹の背中に顔をうずめた。

人魂とみえたのは、無数の蛍が固まっていたためらしい。小さな光点はひとかたまりになるや、またすぐ四方へと散っていく。

まるで地上に落ちた星だった。そのさまは、鳥肌が立つほど美しい。

笛の音のほうも、いまや哀切な曲を奏でている。鬼の声ではない。ひとが笛を吹き鳴らしているのだ。しかも、驚嘆するほど見事な腕前で。

「あれも誰かが笛を吹いているだけだ」

夏樹が慰めても、牛飼い童は彼の背中に張りついたままだった。身体の震えもまだ止まらない。

「でも、でも、ここは鳥辺野ですよ。それに、あんな音色は聞いたことがありません。

ひとの技ではないのかも……」

音曲にまったく心得のない童にすら、笛の吹き手の技術が並はずれているとわかるのだ。これはかなりの名人と言わざるを得ない。

自らも琴をよく弾く夏樹は強い関心を持った。

牛飼い童の言う通り、相手は鳥辺野のようなところで夜中に笛を吹くような怪しい輩だ。ひとであったとしても、危険な人物かもしれない。が、逢ってみたいという気持ちは抑えられなかった。確認もせずこのまま帰ったら、きっと後悔するだろう。

「ここで待っているかい？　それとも、ついてくるかい？」

そう尋ねると、牛飼い童は目をぱちくりさせた。

「夏樹さま、もしや……？」

「誰が吹いているのか確かめてくる」

「そんな、夏樹さまの身に何かありましたら、わたしが桂さまに叱られてしまいます」

こんな童にまで、桂が怒った際の怖さは知れ渡っているらしい。

「大丈夫。何かあったとしても、知らぬ存ぜぬで通せばいい。ぼくが許すよ。それともここで待つのなら、惟重の遺体の番をしていてくれないか？」

命知らずな主人についていくのも怖いが、死体とふたりきりにされるのもたまらない。

そう思ったのか、牛飼い童は夏樹の背中にぴったりくっついたまま歩き出した。

松明は投げ出された際に火が消えたか、逃げた家人が持っていったかしていた。仕方なく、夏樹たちは月と星と蛍火に頼って暗闇を進む。

さすがに足もとはよく見えず、ときどき、ぐしゃりとしゃれこうべを踏んでしまった。そのたびに牛飼い童は悲鳴をあげ、夏樹は謝罪の意をこめて口の中で念仏を唱えた。

笛の音は途切れることなく続いているので、その源をたどるのはけして難しくなかった。やがて、石の上に腰かけて、笛を吹いている男をみつける。

たくましい身体にまとう木賊(とくさ)色の水干(すいかん)。烏帽子(えぼし)をかぶらない短めの髪。夜の光のもとでその男の姿を見た途端、夏樹はあっと声をあげた。

「あなたは……！」

そこにいたのは、東の市(いち)で暴走する黒牛から救ってくれたあの男だったのだ。

男は笛から唇を離し、訝(いぶか)しげに目をすがめて夏樹をみつめている。

「おぼえていらっしゃいませんか？　東の市で命を救っていただいた者です」

夏樹が勢いこんで言うと、男は片頬に笑みを浮かべた。自信ありげなその笑みは、彼の精悍(せいかん)な顔をより魅力的なものにする。

「ああ、あのときの坊主か」

「坊主はやめてくださいよ」

夏樹はムッとした表情をつくろうとした。が、彼と再会できた嬉しさのほうがまさってしまい、なかなか難しい。

背中にくっついた牛飼い童は目を丸くして、主人と怪しい男を見比べている。

「お知り合い……なのですか？」

「まあ、そうかな」

とはいえ、本当は彼のことを何ひとつ知らない。訊きたいことはたくさんあったが、とりあえず、以前に言えなかった言葉を告げようと、夏樹は深く頭を下げた。

「あのときは本当にどうもありがとうございました。お礼を言いそびれてしまって申し訳なく思っていたところです。逢えてよかった……思いがけぬ場所ですけれど」

本当に、こんなところで逢えるとは。夏樹は複雑な思いで、骨が散乱する鳥辺野の葬送地を見廻した。

「こんなところで何をなさっているのですか？」

「ご覧の通り、笛を吹いていたよ」

男は手にした横笛を軽く吹き鳴らした。名笛でもなんでもない、むしろ粗末と形容してもいいものなのに、男はそれで優美な音色を紡ぎ出す。

再び唇を離して顔を上げると、男はふっと目を細めた。

「ほら、こうすると蛍が寄ってくる」

彼の言った通りだった。周囲に散らばっていた蛍が、笛の音を慕うように近づき、群れて大きな光になったかと思うと、また散っていく。そして、また集うのくり返しだ。まるで――

「まるで……死者の魂があなたの笛を聞きに来たみたいですね」

「そんな不気味なこと、おっしゃらないでくださいよお」

牛飼い童は怖がり、男はまたもや片頬で笑った。その自信ありげな笑みを前にすると、本当に死者の魂が蛍に身を変えて飛んでいるような気がしてくる。

「不思議なひとだ……。東の市でも、あなたは暴れる牛を一瞬にして鎮めましたよね。もしかして陰陽師なのですか？」

「まさか。好奇心で少しはその道の教えをかじったけれど、遊びの域を出てはいないよ。本職の陰陽師だったら、きっと鼻で笑うだろうね」

他は知らないが一条なら、よほどの相手でなくば認めはしまい。友の自信に満ちた様子を思い浮かべ、夏樹は微かに苦笑する。

「もしかして、どなたか、ゆかりのかたがここに葬られているのですか？　そのご供養で笛を吹かれているとか……」

「いや、そういうわけでもないのだが。まあ、功徳を積みに来たとでも思ってくれて結構」

男はおのれの短い髪に指をすべりこませた。

「これでも、一度は出家した身でね。ところが、寺の連中の愚かさ加減に嫌気がさして還俗してしまったのさ。髪もようやくここまでのびたが、結うにはまだ足りないし、烏帽子もすぐ落としてしまうし、面倒でまた剃りたくなるときもあるよ」

なるほど、それでと納得した夏樹は、この男の出家した姿を想像しようとした。が――難しい。広い肩や厚い胸には墨染めの衣が似合うだろうが、彼が寺の講堂ですましかえり「諸行無常」などとつぶやくさまはとても思い描けない。彼には、いまのままの俗体で死者を慰める調べを奏でるほうがしっくりくる。

「しかし……縁もゆかりもなき魂を弔いにここへ赴くとは、なかなかできないことです。身は俗体に戻られても、心は僧侶のままでいらっしゃるのですね」

本心からそう思って言ったのに、男はぷっと噴き出した。

「いや、失礼。そんな台詞を言われるとは思わなかったので」

笑われても、不思議と腹は立たなかった。むしろ、敬愛する兄にからかわれているようで、ひとりっ子の夏樹はますます嬉しくなった。

「鳥辺野の死者たちには縁もゆかりもないが」

骨の散在する野を見渡して、男はつぶやく。

「いずれ自分もこうなると思えば、笛の音ぐらいは手向けたくなる」

続けて、彼は低く深みのある声で漢詩を吟じ始めた。

生時(せいじ)は国都(こくと)に遊びしも
死没しては　中野(ちゅうや)に棄てらる
朝(あした)に高堂の上を発し
暮(ゆふべ)には黄泉(こうせん)の下に宿る

生前は都で華やかに遊んでいても、死ねば野に棄てられる。夜明けに我が家を旅立てば、夕べには黄泉の国に宿ることとなる——この場にぴったりの詩だ。

この時代、火葬も一部で行われてはいたが、大抵の死体はこういう葬送の地に運ばれて、そのまま遺棄される。肉は腐り、野犬に食いつくされ、ばらばらの骨となって大地に還(かえ)るのだ。

「で、そっちはここで何を？」

「あ、ぼくは、長く仕えてくれた家人が死んだので野辺送りに」

薬師に病人を棄てるよう勧められ断ったこと、友人の陰陽生に祈禱をさせようとして果たせなかったこと、早くに僧侶を呼ばなかったのを悔いていることを、包み隠さず話す。その間も、男の笑みは消えない。

「なるほどね。家人風情にそこまでできるとは、お優しいことだ」

その言葉に皮肉のにおいはない。それでも、夏樹は落ち着かなくなった。

「ぼくはただ、そうしなければと思って……」

「そうとも、自分のためにしたんだろう？　実際、死者は何も感じない。そこらに転がっている骨と同じ、蹴られても踏まれても何も言わない。物と同じだからな。かえって執着を残されるほうが、死者のほうも迷惑しているかもしれない」

「執着……」

褒められたかったわけではけしてない。それでも、男の言いように夏樹は傷ついてしまい、言い返す声が揺れた。

「死者を悼むのは無駄だとでも言うんですか？　でも、あなたは鎮魂の曲を吹いているじゃないですか。矛盾してますよ」

「これこそ、好きでやっていただけだ。たまたま、場所がここだった。鎮魂の曲だと思いこんだのは、そちらの勝手だな」

男は素っ気なく言う。あれほど哀切な音色だったのに。

彼の言うこともわからないではないが、やはり夏樹には納得しかねた。いくら悲しんでも死んだ者は生き返らないとはいえ、死を悼むのが無駄だとまではどうしても思えない。

反論の言葉を探していると、おそるおそる牛飼い童が口をはさんできた。

「夏樹さま、そろそろお帰りになったほうが……。逃げた者たちもいまごろ心配しておりますよ」

確かにそうだし、こんなにおびえている子供をこれ以上鳥辺野にひきとめるのも気の毒だった。本音はもう少し、この男と話していたかったが、惟重の遺体を置いて早く邸に戻るべきなのだろう。

「その子の言う通り、もう帰ったほうがいい」と、男も言う。

立ち去るほうに気持ちが傾きかけた夏樹だったが、まだ男の名を訊いていなかったことにふと思い至った。

「そうだ、お名前をまだうかがっていませんでしたね」

「名前？」

そんなことを訊いてなんになるといった表情が、一瞬だが男の顔をよぎる。教えてはもらえないのかもと夏樹は心配したが、彼はあっさりと名を明かした。

「久継（ひさつぐ）だ。藤原（ふじわらの）久継」

藤原氏といってもいろいろで、全部が大貴族というわけではない。申し訳ないが、久継はさほど高い身分には見えない。どこかの邸に仕えているか、せいぜいが地方官吏ではなかろうか。

「では、きみの名も訊いておこうか」

さして興味もなさそうに言う。お義理で問われたとわかっていても夏樹は気を悪くせず、素直に答えた。

「六位の蔵人、大江夏樹です」

「蔵人？」

久継がほんの少し眉をひそめた。そして、がらりと口調を変える。

「なるほど、田舎暮らしが長くてお名は存じあげませんでしたが、そのお年で蔵人ならばきっとどこぞの名家の御曹子なのでしょう。数々の無礼な発言、どうぞご容赦を」

夏樹はあわてて手を左右に振った。

「やめてくださいよ。ぼくの父はただの受領です。蔵人といっても末席で、ぼくがあの職に就けたのも、たまたま運がよかっただけです」

はたして『運がよかった』と言えるのか。

宮仕えを始めた頃は近衛に所属していた。同僚のやっかみを買って爪はじきにされていたが、あそこに居続けたならば帝の悪い癖に悩まされることもなく、主上は雲の上のおかたと信じてひたすら崇めていられただろう。

もっとも、知りたくない事実を知ってしまった点を除けば、蔵人職に不満はない。仕事は前よりいそがしくなったが、頭の中将をはじめ蔵人所のひとびとはみな優しく、冷淡だった近衛の連中とは比べようもないのだから。

だからこそ、帝がやたら闊達なこの時期に参内できず、頭の中将を手伝えなくなったのは、本当に申し訳ないと思っていた……。

「家から死人が出たからしばらく参内できませんしね。物忌みしている間に上司から忘れられてしまうかもしれません」

わざと冗談めかして言ったのに、久継は夏樹の心中を見透かすような目をした。口調ももとに戻し、

「頭の中将どのが世に伝え聞く通りの人物なら、そういうことはあるまい。坊主のしたことを理解するだろうよ」

頭の中将のどんな噂を伝え聞いたのか興味がわいたが、尋ねる前に牛飼い童が高い声をあげる。

「夏樹さまっ！」

帰りたくて仕方がない子供はまたもや背中をひっぱった。彼の我慢も限界にさしかかっているのだろう。

「わかった、わかった。もう帰るから」

夏樹は牛飼い童をなだめ、男を振り返って早口で告げた。

「本当は我が家にお招きして東の市でのお礼などをゆっくりいたしたいのですが、いま

は死穢の物忌みに入りましたので」

「礼など気にすることはないのに」

そうは言うが、彼は暴走する牛の前に身を投げ出してくれたのだ、気にしないわけにはいかない。

「それに、あなたとはゆっくり話したいのです。物忌みが明けましたら、改めてお招きしたいのですが、どちらへ行けばお逢いできるでしょうか」

「さあ。いましばらくは都をうろつくつもりだが、どこが宿かまでは決めていない。縁があったらまた逢えるだろう」

「そうおっしゃらずに」

はっきりしない返事に心もとなさをおぼえ、夏樹はもう少し食らいつこうとした。が、牛飼い童が半泣きになって装束の背をひっぱる。

久継のほうも、知らん顔で笛を吹き始める。離れかけていた蛍が集まってくる。惚れ惚れするほど美しい音色は虫を寄せるだけではなく、邪魔をするのをためらわせる力があった。

ひょっとしたら、久継はこちらのことを迷惑がっているのかも。ひとたび、そう思うと、夏樹の性格上、無理が言えなくなる。

「では、縁がありましたらまた……」

「ああ。またな」

牛飼い童の肩を押して歩きつつも、夏樹は何度も後ろを振り返った。蛍火と骨に囲まれて巧みに笛を吹く男の姿を眼(め)に焼きつけるために。

なぜだか彼に強く惹(ひ)かれる。またの再会ができるよう縁があればいいなと、夏樹は願わずにいられなかった。


夏樹が鳥辺野にいた頃。

陰陽生の一条が帰宅すると、居候の馬頭鬼(めずき)が腰に手を当て、仁王立ちになって彼を待ち構えていた。

「おかえりなさあい……」

あおえはただでさえ低い声に陰鬱(いんうつ)な響きを添え、重低音にして響かせる。並みの者ならおびえただろうが、一条は顔色ひとつ変えなかった。

「暗いな」

「待ちくたびれたんですよ。まったく、二日も帰ってこないで」

家にあがった一条の後ろを、あおえはぐちぐち言いながらついてくる。

「大体ですね、おまえの馬づらは見る者の心臓に悪いから外に出るなって言っておきながら、ご自分はあっちこっち出歩いちゃって、なかなか帰ってこないじゃないですか。不公平ですよ、理不尽ですよ」

「仕方ないだろ。仕事なんだから」

疲れて帰ってきた夫のようなことを言い、一条はうっとうしげに烏帽子を脱ぎ捨て、髻をほどいた。

くせのない長い髪がはらりと背に落ちる。そうして髪を垂らしていると、まるで男装の美少女のようだ。肌は抜けるように白く、琥珀色の瞳は神秘的な光を帯びる。そして、自然な薄紅色に色づく唇。すべてが完璧だった。

しかし、彼は丈なす黒髪をがしがしと掻きむしり、薄紅色の唇を不機嫌に歪める。

「昨日はしつこい物の怪おとしに一晩中かかって、終わったその足で陰陽寮に出向いて、いままでずうっと、なんだかんだで詰めてたんだからな」

「そんなにいそがしいんでしたら、どこに行こうと居場所のわかるような方法とか、離れていても式神さんを飛ばして連絡できる術とかを考えてくださいよ」

「冗談じゃない。そんなことしたら、いま以上にいそがしくなるじゃないか」

提案をにべもなく却下され、あおえはため息をついた。

「でも、夏樹さん、かわいそうに何度もうちに来て、一条さんの帰りをいまかいまかと待っていたんですよ……」

一条の足がいきなり止まる。

「夏樹が？」

あまりの美貌に近寄り難いのか、それとも一条の性格に問題があるのか、彼には友人と呼べる相手が夏樹ひとりしかいなかった。

「何かあったのか？」

「あ、訊き返す声がなんか険しいですねえ。やっぱ、一条さんの性格の悪さにめげず付き合ってくれる唯一無二の親友、夏樹さんのこととなると……」

「何かあったのかと訊いているんだ」

抛っておくと延々としゃべりそうなあおえを、一条はきついまなざしで睨みつける。身の丈六尺半あまりで筋骨隆々の馬頭鬼は、十七歳の華奢な少年に脅されて震えあがった。

「はいはい、えーっとですね。なんでも、長年仕えてくれた年取った家人が倒れちゃったそうで――」

昨晩、夏樹が何度も何度もやってきて、一条の帰りを待っていたことを詳しく説明する。一条は狩衣に着替えつつ、耳を傾けている。

「でも、間に合わなかったみたいでお坊さんが来てましたよ。わたし、こそおっと築地塀の隙間から見てたんです。冥府の知り合いが来るんじゃないかなって思って。あ、いえ、この顔はむこうの家のひとたちには見られておりませんからご安心を」

馬づらをぺこりと下げて、あおえは話を続けた。

「で、案の定、冥府のお迎えが来たんですけど、これがまあ、まだまだ新米の牛頭鬼(ごずき)で。あんなの使わなくちゃいけないほど人手、もとい、鬼手不足なら、わたしが職務復帰できる日も近いのかなあって希望持っちゃいましたよ」

死んだ家人も冥府へのお迎えもどうでもいい一条は、苛(いら)だたしげに話の軌道修正をさせた。

「それで、夏樹の様子は？」

「はいはい、夏樹さんですね。えーっと、どうでしたっけか」

あおえは腕組みをして考えこみ、一条が怒りを爆発させる寸前で手を叩(たた)いた。

「そうそう、夏樹さん、野辺送りに行っちゃいましたよ。亡くなった家人さんとはよっぽど親しくしてたんでしょうかねえ。身寄りのないお年寄りだったそうですから、夏樹さんとしては見捨てておけなかったんでしょうねえ」

「……そうか」

着替え終えた一条は、窓辺に寄って隣の邸をうかがった。

「部屋に明かりがついてない」

「え？　そうですか？」

一条の頭の上から、あおえがぬっと馬づらを出す。ふたりが見た隣家はひっそりと静まり返っていた。

「他の部屋からは明かりが洩れていますけど、夏樹さんの部屋は真っ暗ですね。もう帰ってきてもいいはずなのに。それとも、疲れ果てて眠っちゃったんでしょうかねえ」

一条の真剣な顔を覗きこみ、あおえは不気味に含み笑いをした。

「あ、一条さんたら、夏樹さんに悪いことしちゃったなって思ってるでしょ、でしょ。深い後悔の念にさいなまれてるでしょぉぉぉぉ」

耳もとで低音のささやき。一条の右手が素早く懐にすべりこみ、紙扇を握った。

「うるさい」

紙扇があおえの顔に炸裂——するかと思いきや、大きな両手がはっしと扇を挟みこみ、動きを止めさせる。

「くっ……。あおえ、おまえ!」

「ふふふ、そういつまでもやられっぱなしじゃありませんよ。わたしだってこれでも冥府の馬頭鬼、一条さんの動きはすでに見切ったのです!」

みなまで言わせず、一条はあおえの腹を膝蹴りした。

うげっ、と悲鳴をあげ、あおえが腹を押さえてうずくまったところで、一条は彼の後頭部を扇で連打する。

「ほらほら、見切ってもらおうじゃないか」

「痛いですよぉ、痛いですよぉ、やめてくださいよぉぉぉ」

元獄卒の誇りもかなぐり捨てて、あおえは泣き喚（わめ）いた。一条は耳を貸さずに攻撃を続ける。


夏樹の部屋に明かりがともったのは、そのときだった。


部屋の燈台に火をともしたのは乳母の桂だった。

「ずいぶんと遅くなりましたのね。本当に心配いたしましたわよ」

そう言って、鳥辺野から帰ったばかりの夏樹を恨みがましく睨みつける。

牛が怠けてばかりでちゃんと進んでくれなかったのは彼の責任ではないが、遺体を置いてすぐに立ち去っていたら、こんなに帰りが遅くなることもなかったろう。

「いろいろあったんだよ。家人たちが蛍に驚いて逃げたって言っただろう？」

「ええ、ええ、うかがいましたわ。まったく情けない。桂がついておりましたら、夏樹さまを牛飼い童とふたりきりで置いていくなど、けしてさせませんでしたのに」

「そう言わないでおくれよ。彼らもちゃんと引き返してきてくれたんだから」

ただし、それは惟重の遺体のそばまで。いなくなった主人を捜して鳥辺野の奥へ分け

入る勇気は、誰も持ち合わせていなかった。夏樹が牛飼い童とともに自ら姿を現すと家人たちは、

「ああ、よかった、夏樹さまが戻られた」

「あの笛の物の怪に食われてしまわれたかと思いましたぞ」

と口々に言い、ホッと胸をなでおろした。

「笛の音をたどって奥へ行ってみたけれど、結局、誰もいなくて手ぶらで戻ってきたんだよ」

牛飼い童と口裏を合わせ、夏樹はそういうことにしておいた。久継の件が桂にばれると、少々ややこしくなるからだった。

そもそも、東の市でのことは桂に内緒にしていた。装束が汚れたのは、ひとだかりに押されて倒れたとだけは告げておいたのだ。たったそれだけのことでもずいぶんくどくどと言われてしまった。牛に蹴り殺されそうになったなどと知れたら、心配性の桂は外出禁止ぐらい命じかねない。

それに彼女ももう年で、視力などはだいぶ衰えている。ちょっとした心弱りがもとで、惟重のようなことにでもなれば、いくら後悔してもし足りない。

夏樹のそんな気遣いも知らず、桂はまだ文句を言っている。

「蛍はともかく、怪しい笛が聞こえていたというではありませんか。なんておそろしい。

もうよほどのことでない限り、鳥辺野のようなところへは行って欲しくありませんわ。夏樹さま、聞いておりますの？」

「はいはい」

ふうっと桂はため息をつく。

「でもまあ、お気持ちはわかりますわ。最後の最後まで看取ってもらえて、惟重の魂もきっと喜んでいることでしょうね」

「そうかな……」

死者は何も感じないと、鳥辺野で久継が言っていたことが頭から離れない。彼の意見には異を唱えたが、自己満足ではなかったと言い切れる自信がだんだん失せてくる。久継には好感をいだいていただけに、思い出しただけで滅入ってくる……。

「──まだ早いけど、もう寝るよ」

「お疲れになったのですね。無理もありませんわ。でも、夕餉だけは召しあがってくださいね」

うんともいやとも応えないうちに、桂はいったん消え、夕餉を運んできた。料理を載せた高坏には、なぜか紙と筆も置いてあった。

「桂、これは？」

「あのような不浄の地に足を踏み入れたのですよ。夏樹さま、物の怪につけこまれませんよう、お休みになる前に写経をなさってくださいませ」

「いいよ、そんなの」

「よくはございません。物の怪はちょっとした心の隙につけこむと申しますからね。これでしっかり守りを固めておいてくださいませ」

乳母は養い子の、養い子は乳母の心配をしている。なんだかおかしくなって、夏樹はくすっと笑った。桂もその笑顔に安心したのだろう、

「お食事が済みましたら膳は簀子縁に出しておいてください。では、おやすみなさいまし」

そう告げて、静かに退出していった。

ひとりになった夏樹は畳の上にごろりと横になった。夕餉に手をつける気にはなれない。ただぼんやりと、燈台の光の届かぬ部屋の薄暗がりをみつめる。

「久継どの、か……」

頭に浮かぶのは、久継と名乗った男のことばかりだ。

命を助けてもらった礼は言えたが、わかったのは名前だけ。どこで何をしている人物なのかは訊きそびれてしまったし、都での宿も決めていないとか。ならばなおさら、三度目の出逢いは難しいだろう。それが残念で仕方がない。

目を閉じれば、あの笛の音が記憶に甦(よみがえ)ってくる。宮中での管絃(かんげん)の宴(うたげ)で名手が吹く笛

を何度か聞いたが、彼らよりも久継の笛のほうが印象深かった。あの粗末な笛で、久継はどんな名笛にも出せないような典雅な音色を奏でていたのだ。相当の腕前であることは間違いない。

しかも明るく、堂々と自信ありげで、短い髪も烏帽子がないのも気にならないくらい存在感がある。あれはきっと、身分や地位に関係のない天性のものだ。

うらやましい。どうしたら彼のようになれるのだろう。――と考えてしまう。いつも深雪（みゆき）に「覇気がない」とからかわれる夏樹には、久継に対する羨望の念を抑えることができない。また逢いたい。もっと話したい。

とりとめのないことを思いめぐらせていると、ふいに蔀戸（しとみど）がことことと鳴った。最初は風だろうと思って抛っておいたが、間隔をおいて何度もことことと音がする。

さすがに妙だと感じた夏樹は、ゆっくりと身を起こした。

物の怪はちょっとした心の隙につけこむという、桂の忠告が思い出されてくる。写経は当然まだやっていない。我知らず、隙を作り出していたかもと思いつつ、夏樹はそろそろと太刀に手をのばした。太刀は亡き母親の形見の品だ。これで斬りつければ物の怪などたちまち滅してしまう。

太刀を持ち、用心深く蔀戸に近寄る。片手でほんの少し蔀戸を押しあげた途端――隙間からいきなり手が出てきて、夏樹の太刀を鞘（さや）の上からつかんだ。

夏樹が驚いて、わっと声をあげると同時に、

「騒ぐな」

と、太刀をつかんだ者が言った。

「騒ぐと乳母が来るぞ。陰陽師嫌いの乳母どのが」

「一条？」

落ち着いて隙間から覗けば、そこにいたのはまぎれもなく隣の陰陽生、一条だった。あいかわらず烏帽子もかぶらず、女のように長い髪を背中に垂らしている。

一条は太刀から手を放し、皮肉っぽい笑みを浮かべた。

「太刀を置けよ。こんなもので斬られたら、いくら陰陽師でも死ぬからな」

斬られたぐらいでは死にそうにもない友人だが、一条にそう言われ、夏樹はあわてて太刀を置いた。

「ごめん……」

それにしても、彼のほうから訪ねてくるとは珍しい。

「どうして突然？」

「どうしていまごろ、とは言わないのか？」

一条の表情に翳り（かげ）が落ちたように見えたのは気のせいだろうか。

「昨夜、ずっと待っていたんだろう？」

「あ……」

ようやく夏樹にも、彼の訪問の理由が呑みこめた。

「あおえから聞いたんだな？」

「ああ。言い訳するようだが、昨夜からずっと仕事で、うちに帰れたのは今日の夜だったから……」

「いいんだ、もうそれは」

夏樹は本心からそう言った。

「一条がいそがしい身なのはわかっているから。きっと、惟重も寿命だったんだ。もう年だったし。それに……桂が強硬に拒んでいたから、病魔退散の祈禱をしてもらうのは難しかっただろうし。外法で命長らえさせるよりは、このまま穏やかに死なせたほうがって」

憤慨するか、笑い飛ばすかするのだろうと思いきや、一条はどちらもしなかった。

「乳母どのの言うことももっともだな」

と、真面目な顔でつぶやく。

「もしも寿命だったのなら、いたずらに生き長らえさせようとするのは、なるほど外法に当たるのかもしれない。死者を無理に甦らせるのとなんら変わらないわけだから」

「何を言ってるんだよ」

笑い飛ばさない友に代わって、夏樹がそれをやる。

「ひとの道に外れるようなことは何もしてないじゃないか。おまえは外法使いなんかじゃないよ。桂にもそう言ってやったから、気にするなって。それより、そんなところにいないで中に入ったらどうだ？　……あ、すまない。穢れが伝染るから、まずいな」

家から死人を出したばかりか、鳥辺野まで行って人骨をいくつも踏んでしまった。それを告白しても、一条は「無茶をする」とあきれただけで、夏樹を忌避しようとはしなかった。

「穢れなんかどうだっていいんだが、陰陽師嫌いの乳母どのにみつかったらまずいだろ？　それに、今日はこれを届けに来ただけだから」

一条が懐から取り出したのは折りたたまれた唐紙だった。広げると、短く切った髪が少しばかり出てくる。

「これは？」

「うん。これぞ、伝説にもなった、さる優秀な陰陽師の黒髪で――」

「おまえのじゃないのか？」

「ばれたか」

一条は夏樹の部屋の柱にかかっている薬玉にちらりと視線を走らせた。

薬玉とは、さまざまな香料を錦の袋に入れて丸く形作り、蓬や菖蒲、あるいは造花で飾って五色の糸を垂らしたもの。五月五日に贈り合って、家の柱にかけたり身に帯びたりする一種の魔よけである。

「あの薬玉、おれの狩衣をあおえが勝手に裂いて作ったやつだろう？」

「ああ、あれね。九月九日の重陽まであのままぶらさげておこうかと思って」

「そこまで後生大事に飾ってる必要はない。あの薬玉の中身を取り出して、守り袋でも作って、これといっしょに入れておくんだ」

「この髪といっしょに？」

「他人の髪なんて気持ち悪いだろうが……」

「いや、そんなことはないけど」

本気でそう思っているのに、一条は疑わしげな目をする。

「いつだったか、おまえの髪をもらったことがあったろう？　あれの逆だ。陰陽師の力を借りたいような事態になったら、この髪を入れた守り袋を握りしめて心で強く呼びかければいい。こっちの手がふさがっているときは難しいが、そうでなかったらできるだけ応じるようにしよう」

自らの行動を縛るようなことを一条が進んで申し出るとは、夏樹にはにわかに信じられなかった。

「いいのか？」

「言っただろ、いつでもどこでも応じられるわけじゃない。それに、つまらない用事で呼び出したら遠慮なく制裁を加えてやるさ」

きっと紙扇でぼこぼこに殴られるのだろう。あるいは簀巻き（すま）にされて賀茂川（かもがわ）に放りこまれるかもしれない。

怖いな、と夏樹は笑った。一条は笑わず、

「それから、あおえには内緒にしろよ。あいつが欲しがると面倒だ」

「確かに。あおえなら、なんでもないことでいちいち呼び出しかけて、またおまえに殴られるんだろうな」

あおえの名を出したのがまずかったのか、急に庭に繁（しげ）った夏草がざわざわとざわめき出した。加えて、ずるっ、ずるっと何かが地を這（は）うような音がする。

夏樹と一条は同時に身構えて、音のする方向を睨んだ。

月明かりのもと、何か巨大なものがこちらへ向かって這い進んでくる。近くまで来て、それはいったん視界から消えた。

簀子縁の下にもぐりこんだかと思った次の瞬間、下から出てきた大きな手が勾欄（こうらん）をつかみ、異形（いぎょう）の顔がぬっと現れた。

「お邪魔しまーす」

馬づらを突き出したのは、庭を匍匐（ほふく）前進してきたあおえだった。

「何しに来た!!」

一条が怒鳴る。夏樹は驚きすぎて尻餅をついている。

馬頭鬼のあおえはひと差し指を口の前に立てて、しいっと声を発した。

「静かにしなくちゃ駄目でしょ、一条さん。こちらの乳母さんにみつかったらどうするんですか」

一条もあおえも、やたらと桂のことを気にする。夏樹が隣へ行きづらくなることを懸念しているのだろう。

一条は唇の端をひくつかせ、声を落として尋ねた。

「何をしに来たのかな、この馬頭鬼は」

「そんな冷たく言わないでくださいよお。急ぎ、お伝えしなくちゃならないことがあったんですから」

「なんだ、それは。さっさと言え」

「はいはい。実はさっき、家の中に蝙蝠（こうもり）が飛びこんできまして、こんなものを落としていったんです」

あおえが差し出したのは、よれよれになった結び文（ぶみ）だった。おおかた、匍匐前進の際にこすれてこうなったのだろう。

「一条さん宛みたいですよ」

一条は思いきり渋い顔をして文を受け取った。差出人に心当たりがあるようだった。夏樹が興味津々で尋ねる。

「誰から？」

「保憲さまだ、たぶん」

賀茂保憲こと賀茂の権博士は一条の師匠。まだ若いが、稀代の陰陽師と噂されている人物である。

結び文を開いて文面に目を通した一条は、いかにも厭そうに舌打ちした。

「すぐ来いだと。めったに式神を使わないあのひとがこんなものを寄越したんだから、本当に急ぎの用なんだろう」

「大変だな、おまえも権博士も」

「ああ。ゆっくり物忌みできるおまえがうらやましいよ」

一条はぼやきながら簀子縁から庭へと下りた。夏樹がその背中に声をかける。

「一条、ひとつだけ教えてくれよ。死んだ者を悼むのは生きてる者の自己満足でしかないのか？」

足を止めた一条は、肩越しに訝しげな視線を投げかけてきた。

「誰かに何か言われたのか？」

夏樹はどきりとして、反射的に嘘をついた。

「そういうわけじゃないけど」

なぜ、はぐらかしたのかはわからない。

(久継どのの話をすると長くなるから……)

と、自分へは咄嗟に言い訳する。

一条はがしがしと頭を掻いた。質問の背景を問い詰めたかったが、その時間がないことに苛だっているようだ。

「煎じ詰めればなんだって自己満足だろ? 他人が何考えているかなんて、わかるもんか。でも、おまえの後ろにいるじいさんは喜んでるように見えるぞ」

その言葉に、夏樹はすぐさま後ろを振り返った。惟重の亡霊が自分にも見えるかと期待したが、そういうこともない。部屋にいるのは彼以外、誰もいない。

一条にだけ、喜んでいる惟重が見えたのか。それとも、友人の気持ちを軽くさせるために優しい嘘をついたのか。

「一条……」

本当のところを訊こうとしたが、隣の家のふたりはもう庭の中ほどまで進んでいて——匍匐前進ではなく、ちゃんと歩いて——声は届かない。

月の光が奇妙なふたりの姿を照らす。何かまた馬鹿なことを言ったのか、あおえが軽く一発、一条に殴られている。

夏樹はくすっと笑った。彼らと話せたことで、気持ちはずいぶんと軽くなっていた。

（そうだよ。死んだ惟重が喜んでいるかどうかなんて、確かめる必要もない。きっとそうだろうと信じて手を合わせれば、たぶんそれでいい……）

一条の言う通り、生死にかかわらず他人がどう考えているかなど推し量れるはずがない。自分の感情でさえ、ときとして持て余しているのに。

あの久継にしろ――執着を残されるほうが死者も迷惑などと言ってはいたが、自身の意見を本気で信じているとは限らないのだ。彼が奏していたのは、間違いなく鎮魂の曲だったのだから。

賀茂の権博士の邸に急行した一条は、休む間もなく師匠とともに左大臣邸へ同行させられることになった。ふたりとも、高貴な人物にまみえるとあって、垂纓（すいえい）の冠と直衣（のうし）を着用している。

「いったい何事ですか？」

「さあ、左大臣さまから目立たぬように来て欲しいと要請を受けただけで、まだ詳しいことはわからないよ」

「その割に急いでいらしたじゃありませんか。式神なんぞを飛ばして」

「あれは式神じゃない。たまたまうちに迷いこんだ蝙蝠を逃がすついでに伝言を頼んだだけだよ」

「たまたま迷いこんだ、ですか？　本当に？　術で引き寄せたのでは？」

「さて、どうだったかな」

月光のもと、二条にある左大臣邸へ向かいながら、一条と賀茂の権博士は怪しげな会話を交わしていた。このふたりが連れ立つと独特の雰囲気が漂う。かたや、男装の美姫のごとき妖麗な美少年。かたや、切れ長の目も涼しげな噂の陰陽師とくれば、当然であろう。

ただし、夜ともなれば都大路にもさすがに彼らの他に人影はなく、迷惑な連中に出くわすことも、保憲にしては珍しく道に迷うこともなく、ふたりは無事に二条の左大臣邸へ到着した。

きらびやかな御殿を前にしても、この師弟は動じない。美しく着飾った女房に案内され、有力貴族の左大臣の前に出ても、彼らはいつものように、依頼人に見せる冷静な態度を崩さなかった。

「急な呼び出しをかけてすまなかったな、賀茂の権博士」

弘徽殿の女御の父、左大臣はその地位にふさわしく堂々とした人物だった。けれども、それに驕って、身分の違う陰陽師を見下したりはしない。間に御簾を置かず、近くに彼らを招き寄せたのも、その表れだったのだろう。

「いま、我が家に女御さまがいらしていることは知っておろうな」

と左大臣が切り出す。賀茂の権博士は職務用の穏やかな笑みを浮かべてうなずいた。

「寝殿の東側にいらしておりますね。女房がたの華やかな笑い声がここまで聞こえてまいります。あのご様子だと女御さまのお風病も治られたようで」

「病気平癒の祈禱を頼みたいのではないよ。そうであったほうがまだましかもしれなかったがな」

権博士は秘かに眉をひそめる。

自分の娘を帝のもとに入内させて皇子を産ませ、その子を帝位につけて外戚として権力を握る。これが王朝貴族の究極の夢だ。

弘徽殿の女御にまだ子はいないが、帝も彼女も若く、望みはまだ十二分にある。その大切な女御の体調よりも心配なことなどあるのだろうか。

「三日前の朝に、庭の築地塀近くで蹄の跡をみつけたのが発端だった。最初は厩の馬が逃げ出したのかと思ったが――」

左大臣は脇息にもたれかかり、紙扇をぱちんと鳴らした。

「どうやら外から忍びこんできていたらしい。築地塀の屋根にも蹄の跡がみつかったのだよ。馬とおぼしき蹄の主は、結局、庭を少しばかり踏み荒らして帰っていった。まあ、一度で終われば、奇妙なこともあるで済んだのだが……」

「一度では終わらなかったのですね」

左大臣は渋い顔でうなずく。

「次の夜に、大きな馬が塀を飛び越えて現れ、庭をうろついているのを、たまたま家人が見たそうだ。ところが、その家人はすっかり怖じ気づいてしまって、その馬を取り押さえることも、ひとを呼ぶこともできずにただ見ていたらしい……。情けないことだ」

近衛の大将の経験もあり武芸に長けていた左大臣には、家人の気弱さが腹立たしいのだろう。口調にも少し棘がまざる。

師匠に倣って、一条も感情は表に出さない。けれど心の中では、

(子犬や子猫が迷いこむのとは違うだろうに)

とつぶやいた。皮肉っぽく輝く琥珀色の目は、おとなしく伏せておく。

世俗の身分や地位などに、彼は重きを置いていなかった。ただ、それをはっきり表明すると日常生活に支障がありすぎるので、包み隠しているだけ。

左大臣には一条も、おまけでついてきた陰陽生としか見えない。彼の考えていることなど知らずに話し続ける。

「そして、昨夜、同じ馬がまた現れたのだ。それは見事な馬だったと最初に見た家人から話を聞いていた者たちは、ぜひとも名馬を捕らえようと庭に罠を張っていたのだがな、

その馬は罠が仕かけられているのをたちどころに見抜いてしまったらしい。縄をかけようとしてもことごとくかわし、いずこともなく駆け去ったとか。もちろん追いかけはしたが、どこにも馬の姿はなく、あたかも宙に消えたかのようだったと……」

「申し訳ございませんが」

話の途切れた隙へ、権博士の声がなめらかにすべりこむ。

「馬の扱いでしたらば、われわれの管轄ではございませんが」

迷い馬が現れただけなら陰陽師を呼ぶ必要はない。もっと確実な対処のできる者が、左大臣のお抱えの中にも大勢いるはずである。

「その陰陽師の申す通りですよ、父上」

そう言って御簾を上げ、簀子縁から若い貴公子が入室してきた。左大臣の長男、中納言の定信(さだのぶ)だ。

「それほどまでに見事な馬ならば、わたくしの手の者に捕まえさせましょう。築地塀を飛び越えるほどの脚力があろうと、所詮は馬。陰陽師の力を借りる事態など、起こりようがないではありませんか」

自信ありげに定信は言う。おそらく、用意もすでに整って、あとは父親の許可をもらうばかりなのだろうと、一条は推測した。しかし、息子とは違い、左大臣は慎重だった。

「相手がただの馬ならそれでもよかろう。しかし、毎夜必ず現れては大したこともせずに消え失せる点が気になる。捕らえようとして失敗した際に、馬が確かに嘲笑ったと言う者もおってな」

なるほど、陰陽師を呼んだのはそれでかと、一条は納得した。だが、定信は認めず、

「ただの馬でなく、物の怪の類いだと？　父上は心配の度が過ぎます」

苦笑する息子を無視して、左大臣は権博士に声をかけた。

「権博士はそうは思わぬか」

「そうですね……。馬の怪異の逸話は我が国にも外つ国にも多くございます。ですが、果たして今回のものがその例にあたるかどうか、この目で確かめなくてはなんとも申しあげようがございません」

左大臣もその言葉を待っていたようだった。

「では、その目で見ていただこう。きっと、今宵も現れるはずだ」

最初から、真の怪異かどうかを判定させるために陰陽師を呼んだのだろう。断る理由は何ひとつない。

むしろ、この師弟は毎夜現れる馬に積極的な興味をいだいていた。ただ、そういった内面の動きは、両者ともまったく表に出てはいなかった。ひたすら優雅に、

「お任せくださいませ」

そう告げて権博士は頭を下げた。

左大臣は満足そうにうなずき、定信はやれやれと、これ見よがしに肩をすくめた。

左大臣が慎重なのは、弘徽殿の女御が邸に滞在中だからに相違なかった。

大事になる前に数ある別荘のどれかに移ってもらえばいいのだろうが、馬の一頭や二頭で何を大げさなと、ひとの噂になるのをおそれてもいるのだろう。名のある家はただでさえ、その一挙一動がひとびとの耳目を集める。隙あらばと狙っている政敵も多く、なかなか気が抜けない。

女御を大勢の女房たちとともにどこぞに移すよりも、三夜続けて現れたというその馬を捕らえたほうが、まだ手間は少なかろう。本当に名馬であれば、捕らえた左大臣の得にもなるはずだった。

賀茂の権博士と一条は馬が現れるのを待って、東の対屋（寝殿造りの建物のひとつ）の廂に待機していた。

近くの侍廊（身分の低い者の出入り口や控え室に使われた）や中門廊にも、左大臣家の家人たち、定信が連れてきた侍たちが待機している。明かりを消しているからには、いちおう隠れているつもりだろうが、話し声がわさわさとうるさい。

中でも、いちばん大きいのは定信の声だった。酒を早く持ってこいと、女房をしきりに呼んでいる。危機感が薄い分、むこうも退屈しているのだろう。麗しの貴公子だと噂に聞いていたが、実態は少々異なるようだ。

「こんなにひとがいれば、件の馬も警戒して来ないんじゃないですかね」

こちらも、あけ放たれた蔀戸からときおり外をうかがう以外、することもない。早いところうちに帰って眠りたいものだから、一条の機嫌はかなり悪い。師匠に向けた声にも表情にも、それがありありと表れている。

「まあ、怪馬など現れぬに越したことはないからね」

権博士はのんびりと構えている。このまま二、三日とどめおかれても、彼なら文句ひとつ口にしないだろう。我慢強いというより、待つのが苦にならない性格なのだ。自然体の師匠と違って、一条は表と裏を常に使い分けている。怒りっぽくて凶暴な面は、夏樹やあおえぐらいにしか見せていない。

だからこそ、こういうふうに長く拘束されるのは嫌いなのだ。これで件の馬が物の怪でなかったら、誰に怒りをぶつけていいのやら。——もちろん、家で待っているあおえが被害者となるのだろうが。

「保憲さまはどう思われます？　左大臣邸に現れる馬は物の怪ですか？」

「さて、唐国の『山海経』には首なし馬や一眼一足の馬の記述が載っているが、そういったものとも違いそうだな。どこかの家の持ち馬が、ここの牝馬に恋をして通ってきているだけだったら、どうする？」

「そんなつまらない落ちでないことを祈りますよ」

「そうであったほうがいいのだよ。平和に済むし。しかし、三日前といえば弘徽殿の女御さまが実家(さと)帰りをされた翌日……。左大臣さまは、馬の出現が女御さまに関係あるやもと案じておられるのだろうな」

「ご子息の中納言さまは何もお考えになっておられぬようですけどね。苦労のないお育ちですから、仕方ないのかもしれませんが」

弟子の意地悪な発言に、賀茂の権博士は苦笑するだけで何も言わない。代わって、背後から若い女の声が割りこんできて抗議する。

「いまのは聞き捨てならないお言葉でしたわね、一条どの」

妻戸(つまど)をあけて外からするりと入ってきたのは、紅(くれない)の袿(うちぎ)を色の薄いもの、濃いものと重ね着した深雪だった。

紅のあざやかさが彼女の美しさを引き立たせ、射しこむ月光がその姿をくまなく見せてくれる。権博士たちの会話をどこから耳にしていたのか、〈伊勢(いせ)の君(きみ)〉のあでやかな笑顔で、目にだけ素の深雪の険しさを宿し、近づいてくる。

これが夏樹だったら、深雪の迫力に圧(お)されてじりじりと後ずさりしただろう。一条はひるまず、不機嫌な表情を得意の猫かぶりできれいに覆い隠した。

「これはこれは伊勢の君。寝殿の女御さまのもとに控えておらずともよろしいのですか？」

猫かぶり歴の長さでは、深雪とて負けてはいない。

「わたくしは、何やら庭が騒がしいからこっそり様子を見てくるようにと女御さまから仰(おお)せつかったのですよ。ぜひともお聞かせねがいたいですわね。賀茂の権博士さままでごいっしょで、いったい何をなさっておられるのか……」

檜扇(ひおうぎ)でいまさらのように顔を隠し、深雪は優雅に笑う。かと思うと、口調をそれとわからぬ程度に変えつつ、一条を真っ向から睨む。

「その前に、中納言さまのことを悪(あ)しざまに言っていらしたのが気になるわ。女御さまのことを心配されて、御自(おんみずか)ら詰めておられるのに」

「悪しざまも何も……」

あんな感じの悪いやつ、と一条は思ったことを正直に伝えようとした。が、それより早く、権博士が間に入ってくる。

「中納言さまのことが気になるのですか？　わたしの文に色よいお返事をくださらないのは、もしかして中納言さまのせいだったりするのでしょうか」

去年の秋ごろから、権博士は深雪宛に頻繁に文を出していた。が、夏樹に恋する彼女はのらりくらりとはぐらかし続ける。かくしてふたりは、友達以上恋人未満の限りなく友達寄り、といったあたりにいた。

「あら、わたくしなどが中納言さまをお慕いするのも畏れ多いことですわ。ですが、あのかたは、わたくしたち女房全員の憧れの君。ましてや、女御さまのお兄上なのですもの、悪口を許しておけないのも当然ではございませんか？」

「では、中納言さまを恋敵とみなすことはいらないと？」

「さあ……声高に鳴く昼の虫より、黙って身を焦がす夜の虫のほうが想いはまさっていると思いませんか？」

権博士も深雪も親しげに微笑み合いつつ、お互いの出かたを探っている。一条はそんな様子を興味もなさそうに眺めていた。他人の恋の行くかたよりも、ひたすら帰って眠りたいのだ。

権博士たちのほうも、一条をほったらかしにして話しこんでいる。

「一条も悪口を言ったつもりはないのですよ。ただ、中納言さまは警戒心が足りないのではないかと案じているだけで」

「まあ、警戒しなくてはならないようなことがあると？」

「聡明な伊勢の君ならば、もうご存じなのではないでしょうか」

深雪は檜扇の後ろで、すっと表情をひきしめた。やはり、知っているらしい。

「どこのものとも知れぬ馬が続けて現れたことは、女御さまもご存じです。昨夜も、家人たちが庭で大騒ぎしておりましたもの。あれでは、誰だって目が醒めますわ」

「あなたもご覧になったのですか、その馬を」

「いいえ。女房たちはみんな、夜具を頭からかぶって震えておりましたのよ。そんなときに、わたくしだけ窓に飛びつくのはためらわれますもの。でも、あとで家人に問いただしたところ、それはそれは見事な馬が現れたのだとか。そんなに素晴らしい馬ならば、ちらっとでも見ておけばよかったですわ」

強がりではなく、本気でくやしそうだった。深雪にとって、恐怖よりも好奇心のほうが順位が上なのだろう。

「今宵、何かとひとが多いのも、あれを捕らえるためなのでしょう？」

「ええ。せっかく女御さまが実家帰りをされているときに何事かあっては大変と、左大臣さまもいろいろ案じておられましてね」

「女御さまのご兄弟のかたがたも同じですわ。特に中納言さまがたいそうご心配されて、ずっとこちらの邸においでですもの。でも、権博士さままで呼ばれたということは……物の怪なのですか、その馬は」

「いいえ、そういったものかどうかまだわかりませんが、もしそうだった場合のために、わたしたちがここにいるわけでして」

物の怪が来るかもと聞いても、深雪はいたずらに怖がったりしない。何事かを考えこむように眉をひそめているだけだ。

「わたくし、思うのですけど……」

彼女が言いかけたそのとき、外が急に騒がしくなった。続いて、侍たちの怒鳴り声が聞こえてくる。

「出たぞ！」

「怖じるな！　縄をかけろ！」

ひときわ高く、定信の声が響く。

「逃がすでないぞ！」

やっと、件の馬が現れたらしい。男たちの声、あわただしい足音にまじって、馬のいななきも聞こえてきた。

陰陽師とその弟子は、すぐさま庭へと飛び出した。深雪はさすがに簀子縁までしか行かなかったが、慎みも忘れて勾欄から身を乗り出している。

家人や侍たちが駆けつける先に、一条たちも向かう。築地塀のすぐそば、蛍がふたつ、みっつ飛び交う池の端に、その馬はいた。

最初に目撃した家人が怖じ気づいてしまったというのも、あれをひと目見れば理解できた。その白い体軀は、普通の馬よりもふたまわりは大きい。脇腹に散った赤斑は、雪に落ちた紅い花びらを思わせる。毛並みの白と対照的な黒い瞳は、松明の火を反射してか、炭の中の熾火のような赤い輝きを宿している。

荒々しく息を吐き、たくましい脚を蹴りあげて近寄る男どもを脅すさまは、ただの馬とはとても思えない。まるで鬼神の乗馬、いや、馬そのものが鬼神の化身のようだ。

走りながら師匠が驚きの声をあげるのを、一条は聞いた。

「あれは――龍馬か⁉」

応と答えるように馬が高くいななく。あるいは、とりまく男たちを威嚇するために。気迫に押されて一定以上近づけずにいる彼らに、指揮に立った定信が怒鳴る。

「何をしている！　縄を打て‼」

男たちがその声にハッとして、先が輪になった縄を一斉に投げる。ほとんどが的をはずしてしまったが、二本ほどがうまい具合に馬の首にひっかかった。

「やったぞ！」

定信が歓喜の声をあげたのもつかの間、馬が首を振ると、縄を握っていた侍が勢いよく吹っ飛んだ。いまひとりの侍はそれを見て怖がり、縄から手を放してしまう。

馬は勝ち誇ったように半身を大きく振りあげた。ひとの縛めにかかりはしないと、その燃える目が宣言しているかのようだった。

「馬鹿者、なぜ手を放す‼」

侍たちの不甲斐なさにじれて、定信が声を荒らげる。かえってそれで注意をひきつけてしまったのか、馬がぎろりと定信を睨む。

視線に射すくめられて、彼はたちまち動けなくなった。そんな定信に、馬はおそろしい形相で駆け寄っていく。

あわや蹴り殺されてしまうのかというそのとき、定信の前に賀茂の権博士が走り出た。彼は指で宙に五芒星（ごぼうせい）を描き、大声で叫ぶ。

「バン、ウン、タラク、キリク、アク！」

刹那、馬の脚はぴたりと停止した。獣の顔に、驚愕（きょうがく）の色が確かに走る。

師匠に一歩遅れて、一条も霊力のある言（こと）の葉（は）を発した。それに呼応して、池の水面（みなも）が急にざわめき立った。周囲の湿度が急激に上がり、池から立ちのぼった水蒸気が細かい霧となって馬の身体にまとわりつく。

権博士の五芒星と一条の霧の網、その両方で馬の動きを封じこめた。が、それもほんの少しの間だけだった。

わずかに身をひいたかと思うと、馬はいきなり前に飛び出してきた。宙に描かれた不可視の五芒星に頭からぶつかるように。

一条の目には五芒星が砕け散るさまが見えた。同時に、自分の放った霧の網がひきちぎられるのも。

怪馬の見事な筋肉が躍動する。白布に散った紅い花びらのごとき赤斑が、長いたてがみが波打つ。高くあがった蹄が、賀茂の権博士ごと定信を踏み殺そうとする。

定信の表情が恐怖に歪む。

誰しもが、一条や権博士でさえもがもう駄目だと思った。家人の何人かは顔を両手で覆って悲鳴をあげさえした。

しかし、唐突に馬は動きを止めた。頭上から降ってきた声のせいで。

「やめろ、焰王(えんおう)」

みなが見上げた先、築地塀の屋根の上で、月を背にして男が立っていた。

背は高いが、ひどく痩せている。着ているものはよごれた水干。乱れ放題の長い髪がかぶさって、顔は口もと以外ほとんど見えない。

その薄い唇は笑っている。うろたえる男たちを嘲笑っているのだ。

どこの誰とも知れぬ異装の男は、笑いを含んだ冷たい声で馬に命じた。

「定信はまだ殺すな」

『まだ』という含みのある言いかたに、定信が甲高い悲鳴をあげた。男はそれを聞いて、ますます楽しそうに笑う。次第に大きくなるその声は、嘲(あざけ)りの響きをあからさまに含んでいる。

定信もそれに気づいて、おのれの口を両袖で覆った。恐怖で青ざめていたその顔が、恥ずかしさと怒りで赤黒く染まっていく。

焔王と呼ばれた馬はきびすを返すと、築地塀の上に身軽に跳びあがった。男がその首にふれても、息を荒くはするものの、はねのけようとはしない。

「何をしている！　矢を、矢を射かけるのだ！」

定信が怒気も露(あら)わにわめき散らした。女房たちがいかに弁護しようとも、彼がぼっちゃん育ちであることは否定できない。こんなふうに誇りを傷つけられたのは、おそらく初めての経験だろう。

「殺してもかまわぬ!!」

主人の殺気だった命を受け、口をあけて馬と男を見上げていた侍たちが、やっと弓を引き絞る。何本もの矢が勢いよく飛ぶ。

しかし、そのどれも当たりはしなかった。男と馬は矢をかわし、ひらりと宙に舞いあがったのだ。

そして、降りてこない。何もない虚空に支えもなしで、ひとと馬が浮かんでいる。

あってはならない光景に、定信や侍たちはもとより、ふたりの陰陽師も驚きを隠せなかった。家人たちの中には腰を抜かし、這って逃げようとする者もいる。

左大臣ももはや、情けないと怒ることはできないだろう。毎夜、現れる馬はただの獣にあらず。陰陽師の術すらも破る鬼神であることが、これで証明されたのだから。

宙に浮いた男が大地に縛りつけられているひとびとを嘲笑い、馬も歯をむき出してせせら笑う。狂気をはらんだ哄笑を響かせ、彼らはさらなる高みへ駆けのぼっていく。まるで目に見えない階段が彼らのために用意されているかのようだ。

誰も追うことはできない。矢を放っても届きはしない。夜空に消えていくあやしのものどもをただ見送る以外、ひとびとにはなす術がなかった。

第三章　龍馬伝説

朝早くから、父の左大臣が女御のところへ対面に来ていた。もちろん、例の怪しい馬と人物のことだ。

「昨日の騒ぎはもはや、お耳に入っておりましょう。あのような怪事が起こるこの邸にとどまって、万が一の事態になどなっては大ごと。風病もどうやら治まっているようですし、早めに御所へ戻られてはいかがでしょうか」

親が実の娘を心配するのは当然。ましてや、将来、皇子を産んでくれるかもしれない大事な女御だ。

左大臣には定信のほかにも正室腹、側室腹の息子がそれぞれ何人もいるが、娘はふたりだけ。そのうち、長女の美都子はすでに頭の中将の妻となっている。いまのところ、次女のこの女御しか、左大臣家の命運を預けられる姫はいないのである。

「お父上のおっしゃる通りですわ。御所ならば、近衛や滝口の武士が大勢おりますもの。ここよりも安全かもしれません」

と、左大臣の正室、女御の母も勧める。実の娘の身を第一に考えているだけに、彼女の言葉は真摯で、その目には涙まで浮かんでいた。

両親の勧めに、まわりの女房たちも口々に賛意を示した。

「わたくしたちも、すぐにも御所へ戻られるほうがよろしいかと思います」

「そうですわ。あの馬だけでもおそろしいのに、妙な長髪の男まで現れたのですよ。あれはきっと物の怪でございます」

「何かが起こってからでは遅うございます。今夜、またあれが現れる前にどうか——」

しかし、女御はきっぱりとみなの意見を退けた。

「いいえ、わたくしは御所へは戻りません」

女房たちはざわめき、父と母は驚いて同時に「なぜ」と問う。女御は落ち着きはらって応えた。

「あれはわたくしがこの邸に戻ってから現れたのでしょう？　もしかして、わたくしを狙っているのかもしれません。だとしたら、わたくしは災厄を御所へと持ち帰ることになりかねないのですよ」

女御の指摘に、左大臣も「まさか、そのようなことは」と否定しかけて沈黙する。

重苦しい空気が漂う中、ただひとり、一の女房の小宰相が、

「いえ、そうとは限りません」

語気を強めて言い放ち、女御の懸念を打ち消した。

「あのあやしの男は、中納言さまのお命を狙っているようなことを申したそうです。中納言さまにはお気の毒ですが、だとしたら、女御さまが御所に戻られても、追ってくることはありますまい」

定信の父と母の前でこう言えるのも、彼女が女御のみをあるじと思い定めているからに違いなかった。

左大臣は定信の父として怒るべきなのか、女御の父として安堵すべきなのか、迷うような顔になる。結局、いまの発言は聞かなかったことにして、

「……相手の狙いがどこにあるかはまだ定かではありませぬ。が、この邸で実際に怪異が起こっている以上、女御さまをとどめるわけにも」

強く主張する父に向かい、女御は穏やかに告げた。

「聞けば、その馬は空を自在に飛ぶというではありませんか。そのようなものが相手では、どこへ行っても無駄なことですわ」

左大臣の妻はおそろしさに身を震わせた。

「そのようなこと、口にするのも不吉なのですよ」

怖がる母親を安心させるために、女御はうっすらと笑みさえ作って言った。

「ええ、わかっています。ですが、仮にわたくしが御所に戻って、あの馬が追ってくる

ようなことにでもなったら、主上の御身に危険が及ぶやもしれません。それだけはどうしても避けたいのです」

「いえ、近衛や滝口たちがきっと」

「昨夜、兄上が手配された侍たちは、手も足も出なかったではありませんか。あの賀茂の権博士でさえ。近衛や滝口も同じでは？」

冷静な指摘に、左大臣もその妻も沈黙する。女房たちも然り。

女御は彼らひとりひとりに優しいまなざしを向けて告げた。

「ですから、わたくしは御所へ戻りません。とはいえ、ここにいて、お父上やお母上のご迷惑になるのも本意ではありませんから、大堰の別荘にでも移ろうかと思います」

父母は目を瞠り、「大堰に」と同時につぶやいた。

「ええ。それで、馬が再びこちらに現れるか、大堰に現れるか——結果次第でむこうの狙いもわかるというもの」

左大臣は納得したようになったが、彼の妻は、

「けれども、大堰はここよりも手薄ではありませんか。まるでその身を囮に使うような、そのような怖いことはおっしゃらないでください」

そう反論して、なかなか納得しない。

手強い相手だったが、普段から物静かな女御も、こうと決めたら引かないところがあ

った。父母に対しても同じで、彼らがいくら言葉を尽くしても女御の考えは変わらなかった。

「とにかく、もう一度よくよく考えてくださいませ」

左大臣はそう言って妻とともに退席していったが、その困り果てた表情は半分以上説得をあきらめているふうだった。

女房たちはさっそく扇の陰で、ひそひそとささやき合った。

「どう思う？　あの馬の目的は本当に定信さまなのかしら」

「さあ、そこまでは……」

「女御さまが御所に戻られたら、馬までついてくるなんてことが本当にあると思う？」

「だから、それを確かめるために大堰の別荘に移るという話でしょう？」

「わたしたち、どうすればいいのかしら……」

彼女たちはみな、多かれ少なかれ動揺していたが、当の女御はいつものように明るかった。

「みんなを不安にさせてごめんなさいね。本当に悪いと思っているのよ。だから、大堰についてきたくない者は遠慮なくそう言ってちょうだい。あなたたちまで巻きこむわけにはいかないから」

ざわざわと女房たちはざわめいたが、意見はすぐに一致をみた。小宰相が、彼女たち全員の顔を見廻して、代弁する。

「ご案じなさいますな。わたくしたちは誰ひとりとして、女御さまのおそばを離れたりいたしませんわ」

それが偽らざる、みんなの気持ち。女御はそれを確認して、心底嬉しそうに微笑んだ。

「ありがとう。でも、そんな悲壮な顔はしないでちょうだいね。大丈夫よ、あの馬はこちらが手出ししなければ襲ってはこないから。だって、昨晩もその前もそうだったのでしょう？　その姿はまるで神の乗り物のように神々しかったと言っている者もいるのですってね。ならば、わたしたちをいたずらに害することはないのではないかしら」

女房たちを安心させるためだけに言っているのではない。本気でそう思っているのだ。競争の過酷なあの後宮にあって、弘徽殿の女御の魂はいまだ邪心を知らぬ清いものであり続けている。それはもはや奇跡と言っていい。そんな彼女だからこそ、女房たちも心からの献身を誓っているのだ。

「そうだわ、姉上が東の対にいらっしゃるから呼んできてちょうだい。大堰に移る件をお話ししておきたいから」

女御は新米の女房に声をかけたのだが、彼女よりも先に深雪が立ちあがった。

「わたくしが行ってまいりますわ」

「そう？　では、お願いね」

「はいっ」

元気よく返事をして、深雪はさっそく東の対へ向かう。寝殿と東の対とを繋ぐ渡殿を渡り、対屋の広廂へ。そこに数人の女房とともに、頭の中将の妻の美都子がいた。

深雪が女房に中継ぎを頼んでいると、美都子は親しげに手招きしてくれた。蘇芳（赤紫）の袿を着た彼女は、今日も少女のように愛らしい。守ってやりたい気にさせられるのだ。あの頭の中将さまの愛妻なのもうなずけるわ、と深雪は心の中でつぶやいた。

だからこそ、あの夜の常ならぬ様子が気にかかっていたのだ。

「伊勢の君、でしたかしら？　どうぞ、こちらへいらして」

深雪は遠慮なくそば近くまで寄って、直接、女御の言葉を伝えた。美都子は嬉しそうに、

「わかりました。すぐ参りますとお伝えしてくださいね」

「はい――」

けれども、深雪は寝殿に戻ろうとはせず、もの言いたげな視線をじっと美都子に注いだ。彼女のほうも気がついてくれ、まわりにいた女房たちに少しの間下がっているよう命じる。

女房たちが文句ひとつ言わずに退席した。深雪とふたりきりになってから、美都子は小首を傾げて尋ねた。

「どうしたの、伊勢の君？　何か言いたそうよ、とっても」

「はあ……」

どう切り出したものか。こんなことを訊いたら、いくら温和そうな彼女でも怒るのではないか。

そうは思ったが、美都子に訊きたいがために、ふたりきりになれる機会をずっとうかがっていたのだ。このときを逃す手はない。

「わたくし、不思議に思ったことがあるのです」

言葉を選び、相手の反応を探りつつ尋ねる。

「初めて女御さまのお見舞いにいらした夜、おひとりで庭を見ていらっしゃいましたね。馬の蹄の跡がみつかったのは、その翌朝で……。もしかして、最初の目撃者は家人ではなく御方さまなのかもしれないと、わたくし……」

美都子は驚きもしない。

「それが訊きたかったの？　ええ、あの夜、わたくしは馬を見たわ。赤い斑点が真っ白な脇腹に花びらのように散った馬をね」

深雪は拍子抜けしてしまった。あの馬を目撃していながら黙っていたのは、何か理由があるに違いないと睨んでいたのに、まさかこんなにあっさり認めるとは。

「では、なぜ？」

「なぜ黙っていたのかと？　夢だと思ったからよ」

「夢？　そういえば、あのときも……」

女御と昔話をしたせいか夢を見たと、あのとき美都子が言ったような記憶がある。昔話で触発されたのなら、やはり夢の内容も過去がらみなのだろうか。

「夢を見て目が醒めたら、なかなか寝つけなくなった——確か、そうおっしゃっていましたね。どのような夢だったのですか？」

「さあ、どんな夢だったか、もう忘れてしまったわ」

数日前の夢など、よほど印象的でなければ忘れてしまっても不思議ではない。

「でも、あのときはまだうっすらとおぼえていたように思うわ。それで、あの馬を見てもまだ夢と現実の境界がわからず、驚きもしなかったのね」

「馬の出てくる夢だったと？」

「それは……どうかしら」

美都子は曖昧に首を振った。夢の内容に関しては、もう訊いても無駄なようだった。ならばと質問を変えてみる。

「わかりました。では、夢ではなく、実際にご覧になったのは馬だけでしたか？　昨夜は奇妙な長髪の男まで現れたそうですが、その者も馬といっしょにご覧になったのではないですか？」

「いいえ。そんな男など、わたくしは知らないわ。本当よ」

美都子はきっぱりと否定した。彼女の言うことが真実なのか嘘なのか、その様子から読み取ることはできない。仮に嘘だとしたら相当の演技力だ。

(このかたも、わたしみたいに猫をかぶっているのかしら)

そんな疑いが深雪の胸に生じたが、面と向かって問い質すわけにもいかない。

(……まさかね。嘘をつかなきゃならない理由なんて、このかたにあるはずがないもの)

腹違いの妹に寄せる愛情は本物だったし、あんな馬でも遠目に見たら、おそろしさより美しさを感じてしまって夢の心地になるのかもしれない。昨夜、この目で目撃したあの馬は、確かにおそろしいと同時に美しく、この世のものとも思えない——まさに夢の世界の生き物のようだったから。

「これで気が済みましたか? さあ、寝殿へ参りましょう。女御さまをお待たせしてはいけませんものね」

「あ……はい、そうですね。あちらがあわただしくなる前にそうされたほうがよろしいかと思いますわ」

「あわただしくなるとは?」

「女御さまは大堰の別荘に移ることになったのです」

「大堰へ？　どうしてまた急に」

女御が両親に向けて言ったことをそのまま伝えると、美都子は感じ入ったようにため息をついた。

「あんな寂しいところへ、わざわざ……。ああ、でも、そうね。あのかたは、昔からお優しくて、お強くて。いつも、ほかのかたのことを先に考えて。だから、脇腹のわたくしを同腹の姉同然に慕ってくださるのよ」

美都子の母は彼女がまだ幼い頃に亡くなったとか、左大臣の妻は側室の産んだ美都子をいまだにうとましがっているとか、深雪もいろいろ話は聞いている。

そんな環境で腹違いの姉妹が仲よくするのは難しかろうに、ふたりはそれを可能にした。美都子の人柄もさることながら、女御の配慮も大きく影響したに違いない。

「あの馬もまさか女御さまを追ってはいかないでしょう。大堰へ移られればもう安心のはずよ。それでもまだ心細いようでしたら、わたくしもごいっしょいたしますわ」

「そうしていただけると、きっと女御さまも喜ばれますわ」

深雪は笑顔をつくったが、内心、美都子ほど楽天的になることができずにいた。馬の狙いが女御ではないとの揺るぎない確証があるならともかく、まだそうではないのだから――

ふいに美都子が尋ねた。

「伊勢の君は怖い？」

「いえ……、はい……」

一度は否定したものの、自分を偽ったような気がして肯定する。が、女御への忠誠心を思い出し、深雪は首を大きく左右に振った。

「いいえ、怖くなどありませんわ。相手は所詮、馬なのですもの。馬など見慣れておりますから」

顔だけ馬で身体(からだ)は筋骨たくましい人間といった、馬頭鬼(めずき)でさえ見慣れてしまっております。——とは、さすがに言えなかったが。

「まあ、頼もしいわ」

と、美都子は無邪気な笑みを見せた。


弘徽殿の女御とその女房たちがあわただしく移動の準備をしている頃、大内裏(だいだいり)の中にある陰陽寮(おんみようりよう)でもいそがしく立ち働いている者がいた。

寝不足ぎみの一条である。

無表情だが、身体中からいかにも不機嫌そうな気が放出され、陰陽寮の者たちはみな、怖がって彼に近づかない。が、遠巻きにされるのは今日に限ったことでもないので、本人は構わずに依然、不機嫌な気をふりまいていた。

機嫌が悪いのは寝不足のせいだけではない。このいそがしさも手伝っている。

両手いっぱいに書籍や巻き物を抱え、荒々しい足音を響かせて、師匠の部屋に入る。手近な文机（ふづくえ）の上に荷物を置き、険のある口調で尋ねる。

「他に何かご用はありますかっ」

すでに山と積まれた書籍の谷間で、賀茂の権博士は顔も上げずに応えた。

「いや、これくらいでいい」

やっと肉体労働から解放されて、一条は大きく息をついた。権博士も目頭を押さえて小さくため息をつく。

「……少し休むかな」

「そうなされませ」

今日の早朝からずっと、一条は文献を運び、権博士はそれを検分している。左大臣邸に出没するあの馬について調べているのだ。

「それで、何かみつかりましたか？」

もう何度も口にしている問いの答えはいつも、

「いや、まだだな」

今度もそれは変わらなかった。

「あの赤い斑点が気になるのだが、どこにもそれらしい記述が出てこない」

「馬の専門家に訊いてきましょうか」

一条の提案に権博士は苦笑した。

「居候の馬頭鬼に？　いや、訊くだけ無駄だろう。それに、自宅に戻ったのをいいことに、そのまま昼寝してしまうつもりじゃないのか？」

さすがに師匠だけあって、一条の企みをちゃんと見抜いていた。しかし、一条も後半は聞こえなかったふりをする。

「確かにあれは全身、ちゃんとした馬でしたからね。顔だけ馬のあおえに訊いても、たぶん無駄でしょう」

「かといって普通の馬でもない……。あれほど巨大で見事な馬は見たことがないな。まるで話に聞く汗血馬のようだった」

唐よりもはるか西の国で産する良馬は、一日に千里を走り、血の汗を流すので汗血馬という。

汗血馬は高山に棲息しているうえに脚が速すぎて、とても捕らえることができない。そこで牝馬をふもとに放しておくと、汗血馬がこの牝馬のもとにやってきて交配し、子を産ませる。ひとびとはこうやって、汗血馬の血をひく駿馬を手に入れるというのだ。

「しかし、飛ぶように速いと言われる汗血馬だろうと、実際に飛びはしませんよ」

一条の指摘に、権博士はうなずいて巻き物を広げた。そこには何かから写したとおぼしき馬の絵が何点も描かれていた。

天馬、と説明書きされた絵のところで権博士の手が止まる。が、それもつかの間、

「遠国には翼の生えた馬がいて、自在に空を飛ぶともいうが……あれには翼もなかった」

つぶやいて違う巻き物を手に取る。一条は師匠が読みっぱなしの巻き物を拾いあげ、もと通りに丸めていく。

「保憲さま。一度目を通されたものとそうでないものは、きっちり分けたほうがよろしいですよ」

忠告はしたが、権博士はあいかわらず両者をごっちゃにしてぶつぶつ言っている。

「そうすると、やはり龍馬かな？」

馬は古えより水神の化身とされた。そのせいで、同じく水神である龍と結びついたのだろう。

奇書『山海経』には、馬の身体に龍の首がついた神の記録がある。唐の国の河川に現れた龍馬は身の丈八、九尺、『山海経』とは逆で龍の身体に馬の首がついていたという。水に入ると龍となり、地にあがると馬になったという龍馬の話も、古くから伝わっている。

「龍馬といえば……」

権博士はごそごそと文献の山に頭をつっこみ、せっかく一条が片づけた分までまた広げる。弟子はその様子を見ながら、いらいらを募らせていく。

「まったくもう、何をなさっているんですか」

「いや、ここにあったような気がしたんだが……」

「だから、一度目を通されたものとそうでないものはきっちり分けたほうがいいと言ったじゃありませんか」

「そうだったかな」

「言いましたよ。おぼえておられないのですか？」

「いや、こっちに何かあったような気がして。記憶違いかもしれないが……」

有能と噂に高い賀茂の権博士にも、物忘れが激しいという欠点があった。そのおかげで一条は何度もひどい目に遭わされている。何事も二度と忘れられなくなるような呪いでもかけてやろうか、と検討したことは一度や二度ではない。実行しなかったのは、そんな都合のいい術を容易に編み出せなかったからだ。

弟子の心中も知らず、権博士は書物の山の下から冊子を一冊、引き抜いた。山が崩壊し、あたりに物が派手に散乱しても気にも留めない。一条も、後片づけは寮の舎人にやらせようと腹をくったので、もう手は出さない。

「ああ、これだ」

探し物をみつけた権博士は嬉しそうに相好を崩した。

「これを見てどう思う？」

差し出された冊子を受け取り、開かれた紙面に視線を落とす。途端に一条の表情が鋭くなった。

それは太い線で描かれた奇妙な絵だった。

左右にふたつの翳（さしば）（団扇（うちわ）の柄を長くしたようなもの。貴人の顔を隠すために差しかけて用いた）、その間には馬を牽（ひ）いた人物が描かれている。

人物は縦に長い帽子をかぶり、先の尖（とが）った靴を履いて、異国人のような雰囲気を漂わせている。人馬の足もとには波と舟が描かれ、舞台が水辺であることが示されている。

そして、人馬の上部にはひときわ目立つまだら模様の獣が描かれていた。

顔と首は長くて耳は立ち、たてがみもあって、全体的な形は馬に似ている。

しかし、四肢の先の爪は鋭く、長い尾にはいくつもの突起がついている。塗り残された空白の目は険しい。開いた口からは、なんと炎が噴き出しているではないか。

「これは？」

「筑紫国（つくしのくに）に何百年も前に造られた墓があって、その墓室の壁面に描かれた絵だよ。これは墨一色の写しだが、本物は赤と黒の顔料で描かれている。黒く塗りつぶされた身体に、赤でまだら模様が入っていたように記憶しているな」

その記憶は確かなのですかとは、さすがに訊かない。

「そして、この馬は」

権博士は異国風の人物に牽かれている馬を指差した。

「龍馬に比べるとずいぶん華奢だな。この龍馬の子を孕むことを期待され、連れてこられた牝馬だろう。汗血馬の伝説と同じだ」

牝馬よりふたまわり近く大きく、黒地に赤まだらの龍馬。この配色を白地に赤のまだらと変えれば、あの凶悪な馬をいやでも思い出す。

「左大臣邸に現れたのは龍馬の血をひく馬だと？」

「あるいは龍馬そのものか。もしもそうだとしたら、水で対抗して効果がなかったのも当たり前だな。相手には水神の加護があるのだから」

あのとき、一条が放った霧の網が効をなさなかったことを指しているらしい。この皮肉に、琥珀色の瞳がすっと細められた。

「でも、保憲さまの五芒星もあっけなく破られてしまいましたよね」

「つまり、龍馬の力を甘く見るなということだな。仕方ない、もしもあれが龍馬なら、神にも等しい存在なのだから」

弟子に敗北を指摘されても、権博士は穏やかに微笑んでいる。苛だっているのは一条だけだ。

「神が相手だろうとも、どうにかしてあの馬を止めないと……いずれ、中納言さまが殺されてしまいますよ」

　さすがにそれを言われると権博士も笑みをひっこめる——かと思いきや、あいかわらず微笑んでいる。

「いずれ、そうなるかもな」

　あの馬を『焔王』と呼んだ男は、「まだ殺すな」とも命じた。いまはまだそのときではないがいずれは、という意味に違いない。

　定信の中納言も同じことを考え、自宅の奥深くに籠もっておびえているらしい。厳重な警備がなされているのだろうが、果たしてあの馬に効果があるのかどうか、なんとも言えない。

「女御さまは大堰の別荘へ移られるそうだ。これで、今夜あれがどこに現れるかで標的がはっきりするな。変わらず左大臣邸に出るか、大堰か、中納言さまのお邸か……」

「そうとも限りますまい。中納言さまの命が真の狙いであっても、あのかたを苦しめるために女御さまのもとへ行って大暴れするかもしれませんよ」

　権博士は不謹慎なことに、こらえかねたようにくすくすと笑った。

「すぐにはしとめず、大事な身内を先に攻撃するか。一条、おまえならそういう手段をとりそうだな」

一条は怒りもせず平然と言ってのけた。

「よほど恨みが深ければ、やりますよ」

権博士はゆるく首を横に振ったが、あきれているのとも違う、達観した様子だった。

「とにかく、わたしは今夜も左大臣邸に張りこむ。おまえは大堰に行ってくれないか」

「中納言さまのお邸は？」

「あそこには陰陽寮から適当な者を派遣させよう。あの妙な男が『まだ』と言ったのだから、今日明日で殺されたりはしまい」

定信に対してずいぶんと冷たい対応に、一条は首を傾げた。

（もしかして、伊勢の君が定信のことを憧れの君と呼んだのが気にくわなかったりして）

そんなふうに邪推してみる。仮にそれが事実だったとしても、定信がどうなろうと知ったことではないので、一条もなんとも感じなかったが。

「ここはもういいから、家へ戻ってひと休みしてから大堰へ出かけてくれ」

「急行せずともよろしいので？」

「本調子でないときに、あんな妖物とは対峙したくないだろう。ただし、陽が落ちる前に必ず大堰に着いておくように」

「はいはい」

やっと眠れる。一条はさっそく部屋を出ていこうとした。が、入り口の前で立ち止まり、権博士を振り返る。

「馬が大堰のほうに現れてくれることを願っていますよ」

強がりではなく本気だった。陰陽師(おんみようじ)としての誇りを傷つけてくれたあの馬に、自分自身の手で報復してやりたかったのだ。

権博士はそんな一条の心情を読み取ったかのように忠告する。

「あせって無理はするな。それに相手は馬だけじゃない。あのあやしの男を忘れるな」

長い髪を夜風になびかせていた男も、馬と同様、空へ駆けのぼった。ただの人間に、あのようなことはとうてい不可能だ。油断していい相手ではない。

「確かに、あの男も普通ではありませんでしたね。でも」

一条は自信ありげにニヤリと笑った。

「手は考えてありますとも」


物忌(ものい)み中の夏樹は、左大臣邸で何が起こったのかも知らなかった。

降ってわいた休みを、ごろごろ昼寝したり、琴(きん)を爪弾いたり、読まずにためこんでい

た物語を広げたりして過ごす。こんなに暇なら、いっそまた鳥辺野に行って、久継を捜してみようかとも思う。が、

（それをやっても、物忌みの期間が延びるだけだろうな……）

そう考えると、二の足を踏んでしまう。ならばと文机に向かい、写経を試みようとしたが、すぐに飽きてしまう。

誰かが簀子縁まで来て部屋の戸を叩いたのは、夏樹が文机につっぷして気持ちよくうたた寝をしているときだった。

「おい、夏樹」

名前を呼ばれて、ようやく目が醒める。

「誰……？」

まだ少し寝ぼけたまま問うと、簡潔な答えが返ってきた。

「おれだ」

それだけで、相手がわかった。

夏樹はあわてて身を起こし、蔀戸まで膝で移動する。窓から外を見やると、いつの間にやら一条が簀子縁にあがりこんでいた。

「やあ、仕事は終わったのかい？」

「いや、家で少し休んだらまた行かなくちゃならないんだ。昨晩は眠る暇もなかったっ

ていうのにね」

覗きこんだ琥珀色の目は充血しており、一条の言葉が誇張ではないことを示していた。ついさっきまで、気楽にぐうぐうと寝ていた夏樹はなんとなく後ろめたい。

「大変だな。代われるものなら代わってやりたいんだが、賀茂の権博士の助手なんて、一条にしかできないからなあ」

　一条はため息をつき、大きく首を縦に振った。

「そうそう、あのかたの手伝いが陰陽寮でもいちばんきつい仕事じゃないかとこのごろは思うよ」

「いろいろめんどくさそうだものな」

　夏樹は友に同情する一方で、彼との会話を楽しんでいた。ちょうど退屈していたところだったし、愚痴だろうがなんだろうが、一条の話は面白い。彼の属す世界が常とは違う神秘的なものだから、特にそう思えるのだろう。

「ああ、そうだ。昨日もらった髪、さっそく桂に薬玉の布で守り袋作ってもらって、それに入れたんだ。ほら」

　懐から守り袋を取り出し、自分がこしらえたわけでもないのに得意そうに見せる。

「丁字やら何やら香料が入っていたから、布自体いい匂いがするよ」

「じゃあ、ついでに薬玉から取り出した香料もいっしょに入れておけよ。匂いの強いものは魔よけの効果があるから」

「うん、そうさせてもらおうかな」

夏樹は守り袋を再び懐に戻した。桂は物忌みの間、写経をするようにとうるさく言うが、これさえあれば、そんなことしなくても充分身の安全は図れるような気がする。

「で、もし差しつかえなかったら聞きたいな。昨日はどこでどんな依頼をこなしてきたんだい？」

夏樹が好奇心のままに尋ねると、一条はなぜか薄く笑い、その口もとを袖で隠した。

「これは内密にしてもらいたいんだが……」

「うんうん、わかってるって」

秘密の話ほど興味深いものはない。夏樹は大きくうなずき、早く先を聞かせてくれるよう促す。

一条が語ってくれたのは、左大臣邸の一件に関してだった。話を聞き終わった夏樹はしばらく言葉もなかった。

弘徽殿の女御に左大臣、定信の中納言と一流どころの貴族の名がぽろぽろ出てくるのだ。しかも、いとこの深雪がすぐ近くにいて、そこに出たのが空飛ぶ馬に空飛ぶ人間ときた。語り手が一条でなかったら、荒唐無稽（こうとうむけい）なおとぎ話だと思ったかもしれない。

一条が「驚いたか？」と訊く。

その楽しそうな顔を、夏樹は眉間に皺を寄せて睨みつけた。

「驚くなって言うほうが無理じゃないか？」

「そうかもな」

夏樹の反応は一条の期待通りだったのだろう。寝不足にもかかわらず、一条は急に上機嫌になった。夏樹にとっては、単純だなと言われたような気がして、なんとなく面白くない。ついつい仕返しをしたくなる。その誘惑に、彼はあらがえなかった。

「だけど、たった一頭の馬におまえが負けるとはね」

怒るかと思ったのに、一条の笑みは消えなかった。むしろ、罠にかかった獲物を見るように瞳が輝いたような気さえした。

「次は負けない」

と一条は強く言い切った。釣られて夏樹も問う。

「何か策でもあるのか？」

「ある」

夏樹は驚くと同時に、ホッと胸をなでおろした。

一条が物の怪相手に手も足も出なかった話は、夏樹にとっても衝撃的だったのだ。このまま、簡単に引きさがっては欲しくなかった。

きっと夏樹のそんな心の動きは、一条にすべて伝わっているのだろう。ほのかに色づく唇が、ますます深く笑みを刻む。

「その策のことで、おまえに協力してもらいたいんだ」

「協力？　物忌み中のぼくに何ができるんだい？」

ましてや、さしたるとりえもない——と本人は思っている——自分に、なんでもできそうな一条を助けるなんてことができるのだろうか？

夏樹は急に落ち着かなくなり、しきりに瞬きをして友の顔をみつめた。厭な予感がしなくもない。

相手の反応を見逃したくないとでも思っているのか、一条はまっすぐ夏樹の目を見返して言った。

「菅原道真公の太刀、しばらく貸してもらえないだろうか」

予想外の言葉に、夏樹はしばし呆然となった。

言葉の意味がなかなか頭に浸透していかない。やっと一条の申し出を理解すると、夏樹は近くに置いていた問題の太刀を手に取った。一条に渡すためではなく、彼に取りあげられないようにとの気持ちが無意識に働いて。

「これを？　何を突然、言い出すのやら……」

一条の口調が熱を帯びてきた。

「理由はちゃんと説明しただろうが。相手がどれほどとんでもなくて、状況がどれほど切羽詰まっているか、よくわかっただろう？　幸い、まだ怪我人はひとりしか出ていない。馬に縄をかけようとした侍が振り飛ばされて負傷した程度で、それも命にかかわるほどでもないらしい。だがな、それに安心して、とろとろしているともっと大きな被害が出るぞ。相手は中納言だけじゃない、女御だって危ないんだ」

「それはそうだろうけど……」

煮えきらぬ友人に、一条はじれったそうに舌打ちする。

「どれほど危険かわかってるか？　物忌みぼけか？」

その言いかたに夏樹もムッとする。

「まだ始めたばっかりだ、ぼけてなんかいるか」

剣呑な空気がふたりの間に生じ始める。それに耐えかねて先に視線をそらしたのは、哀しいかな、夏樹のほうだった。ただし、降参したわけでもない。

「この太刀を貸すなんて……そんなことはできないよ。これは母の形見なんだし」

彼の母は、大宰府に左遷されてその地で没した菅原道真公の孫にあたった。そして、道真公は死してのち雷神と化し、平安貴族に最もおそれられる怨霊となる。

その道真公ゆかりの太刀だからか、子孫である夏樹の身に何事かあらば、その刃は稲妻のごとき白光を放つ。光を帯びたその太刀をふるえば、どのような物の怪もたちまち滅してしまうのだ。

だからこそ、龍馬を打ち負かすのはこの太刀しかないと一条も考えたのだろう。

「形見なのは知っている。でも、それしか他に思い浮かばなかったんだ」

「だって、これはぼくの太刀だぞ。他の人間が使って光るのか？　そんなの、一度だって見たことないぞ」

道真公の血をひく夏樹だからこそ、太刀も求めに応じて不思議な光をまとってくれる。子孫を守ろうとする。他の者では駄目なのだ。たとえそれが強力な陰陽師であっても。

しかし、一条は強気だった。

「たぶん、大丈夫だ。北野神社の祝詞がある。それを唱えれば、太刀もきっと応えてくれるはずだ」

北野神社は、道真公を祀ったのちの北野天満宮。以前、夏樹が極度の緊張のためか、太刀を持っていても光らせることができなかったとき、一条が北野神社の祝詞を唱えて太刀の力を引き出したことがあった。

「だがな、あのときだって、実際に太刀を使ったのはぼくだぞ」

夏樹の言う通り、一条は補佐をしたに過ぎない。そのことを指摘し、なんとか友の気持ちを変えさせようとする。が、一条はひどく頑なだった。

「こんなに頼んでいるのに駄目なのか」

「悪い。他のことならともかく、母の形見だと思うと……」

「そうか。なら、持ち主ごと借り受けるか」

「持ち主ごと？」

「と言いたいところだが、おまえは物忌みで動けないんだろう？　じゃあ、仕方がないじゃないか」

畳みかけるように言って、夏樹を困らせる。気難しい一条が、いつも以上に気難しくなっている。

「いや、しかし、だったら……」

「二、三日で済む。その間に馬はまたどこかに出るはずだ。大堰だと手間がかからずありがたいんだが、他の場所だとしても太刀を持って急行し、その場で馬の首をはねる。ついでに長髪男もぶったぎる。それでおしまいだ。太刀も返せる」

「そんなにうまくいくものか」

「いく。いかせてみせる」

術が効かなかったのが、よほどくやしかったのだろう。一条は言葉を尽くして、太刀を貸すようしつこく迫った。が、夏樹も負けじと拒み続ける。

貸すこと自体は吝かでない。ただ友人にそんな危うい賭けはさせたくなかったのだ。いざ使おうとして太刀が光らなかったらどうするのか、一条はその事態を強いて考えないようにしている気がした。

それに——正直なところ、自分以外の者の手で太刀を光らせてもらいたくなかったのだ。

これは自分の太刀。自分が道真公の血をひいているからこそ使えるもの。狭量と罵(ののし)られようとも、そう信じていたかった。

両者一歩もひかず押し問答を続けていると、ふいに一条が「まずい」とつぶやいた。

「何がまずいんだ」

「いいから、ちょっとだけ中に入れろ」

言うが早いか、一条は夏樹の返事を待たずに窓を飛び越え、部屋の中へと乱入してきた。仰天する夏樹の横を抜けて、几帳(きちょう)の後ろへと素早く身をひそめる。

「何を……」

夏樹が啞然(あぜん)としていると、ひと息つくかつかないかのうちに、桂が簀子縁を渡ってきた。これだったのか、と夏樹はようやく合点がいった。

桂は夏樹の部屋を覗きこみ、訝(いぶか)しげにあたりを見廻した。几帳のほうに彼女の視線が向けられたときは夏樹もひやひやしたが、目の悪い乳母(めのと)にはそこにひとひとり隠れているとはわからないようだった。

「夏樹さま？　話し声が聞こえたような気がしましたけれど……」

「ああ、独り言、独り言。あんまり退屈だったものでね」

なるべく几帳のほうを見ないようにして、不自然に思われぬようにと明るい声を出す。かえって不自然だったのだが、幸い、桂はそう感じなかったらしい。

「で、どうかしたのかな？」

「いえ、大したことではないのですが」

几帳の後ろで一条が「だったら来るな」とつぶやいたようだったが、空耳だったかもしれない。桂は何も気づかずに、紙の束を夏樹に差し出した。

「美しい紙が手に入りましたのよ。これにありがたい経文をお書きになれば、厄落としになって、きっと夏樹さまの寿命も延びますわ」

「ああ、はいはい、写経ね……」

夏樹自身は、特に信心深いほうでも不信心なほうでもない。物見遊山として寺に詣でた際には仏像に手を合わせるし、困ったときには神頼みをするが、普段から進んでどうこうはない。彼の若さではそれもしょうがないだろう。

「まだ仏さまにすがるほどのことは感じていないんだけど……」

素直にそう告げると、桂の目がきゅっと吊りあがった。

「そんなことですから、夏樹さまは何かと物の怪につけこまれやすいのですよ」

そうかもしれない。いろいろと心当たりが多すぎて、夏樹は返す言葉に詰まってしまった。

「お心当たりがいっぱいあるようなお顔ですわね」

そらみたことかと、桂は楽しそうに笑う。目が悪くても、養い子の表情だけはなぜか正しく把握できているのだ。

「でも、それは不信心のせいばかりではないと桂は思っておりますのよ。こう申してはなんですが、お付き合いなさっている相手が悪いのではないでしょうか。ねえ、夏樹さま?」

まずい。

桂が隣の陰陽生(おんみょうしょう)への文句をこぼすのはよくあることで、夏樹もいつもは「はいはい」と聞き流している。だが、いまここでそれをやられるのは非常に困る。すぐ後ろでその陰陽生が聞き耳を立てているのだから——

まさかそんなこととは露知らず、桂はいつもの調子で一条の悪口を始めようとする。そうはさせじと、夏樹は桂の手からひったくるように紙を奪った。

「わかったよ。写経、するから」

突然出た大声に、桂も夏樹本人も驚く。が、悠長に驚いてもいられない。夏樹はすぐさま、桂を丸めこむための言葉を並べたてた。

「こういうことは気持ちを集中させて、真面目(まじめ)に励まなくちゃならないんだろう? 悪いけれど、桂、気が散るからむこうへ行っててくれないかな。中途半端な心構えだと駄目だと思うから。御仏にも失礼だし。そういうわけで、しばらくひとりにしてもらえないかな」

早口でまくしたてられ、桂はまだ驚きのさめやらぬ顔でうなずいた。

「あ、はい……やる気になられたのはようございましたわ。いささか唐突な気はいたしますけれど」

「そうだよね。でも、突然、写経してみたくなったのは本当だから」

苦しい言い訳だった。桂も疑わしげに首をひねっている。けれど、せっかく本人がやる気になったのに水をさしては悪いと思ったのか、

「わかりました。では、居眠りなどなさらず、真面目に精進なさってくださいましね」

と念を押して、桂はようやく部屋を出ていった。

その衣ずれの音が聞こえなくなってから、夏樹は大きくため息をつく。

「おい……もう大丈夫だぞ」

夏樹が声をかけると、几帳の後ろから一条が出てきた。ニヤニヤと笑いながら。

「あいかわらずだな、おまえの乳母どのは」

「悪気はないんだ。ただ陰陽師が嫌いなだけで……」

一条は軽く肩をすくめた。

「万人に好かれるものなんて、この世にはないとも。あったら、逆に胡散臭い」

少なくとも怒ってはいないようだった。

「おれがここに来ていると知ったら、乳母どの、目を廻すだろうな」

「ああ、心の臓まで止めかねないよ。頼むから、このままそっと帰っていってくれるかな」

琥珀色の瞳がいたずらっぽくきらめく。

「いやだね」

「おいおい……」

「時間がないんだ。どうしても太刀を貸してくれないなら、乳母どのに聞こえるくらい、ここで大騒ぎしてやる」

「本気か」

「本気だとも」

夏樹はあきれ返ってしまった。まさか、一条がこんな子供っぽい手段に出るとは。言い換えれば、敵との再戦をそれだけ重く考えているのだろう。できることなら協力してやりたかった。しかし——

「しかしな、北野神社の祝詞を唱えても、太刀が光らなかったらどうするつもりだ？」

「光るか光らないか、ここで試そうか」

「よせよ、桂に気づかれる」

やると言ったらやりかねない。夏樹はそうはさせるかと、太刀をぎゅっと抱きしめた。

その動きに触発されたように、一条はおもむろに祝詞を唱え出す。

「掛巻モ恐キ天満宮菅原之大神ノ宇豆ノ廣前ニ忌麻波利浄麻波利テ……」

「やめろよ！」

夏樹は目をきつく閉じ、さらに力をこめて太刀を抱きしめた。この腕の中で、太刀が光り始めたらどうしようとあせりながら。

が――太刀に変化は生じない。光も熱も何もなしだ。

おそるおそる目をあけた夏樹もそれに気づく。唇から洩れたのは安堵の吐息だった。

「光らなかったな……。これでわかったろう？　この太刀を持っていったところで無駄なんだって」

それでも一条は敗北を認めなかった。

「こういうものは写経と同じで集中力がものをいう。生きるか死ぬかの状況で祝詞を唱えれば、きっと太刀も反応するさ」

負け惜しみではなく、本気でそう信じているかのように断言する。だが、夏樹としては、一条にそんなどう出るかわからない賭けに命をさらしてもらいたくはなかった。

「どうしてもこの太刀が必要だと言うのなら……」

心はすでに決まった。

「使い手もいっしょにつれていけ」

一条は驚かなかった。少なくとも、外見上はそう見えた。ほんの少し眉をひそめて、問い返してくる。

「物忌みはどうする。こんなときに出かけるなんて言ったら、おまえの乳母どのが黙っちゃいないぞ」

確かに。家に籠もり、身を慎んでいなくてはならないこのときに外出など、桂は絶対に許してくれまい。それでも振り切って一条と行動をともにしようものなら、彼女の偏見はますます高じるだろう。大事な養い子を善からぬ道に誘う悪徳陰陽師、というわけだ。いまでさえ隣へ遊びに行く際はかなり気を遣っているのに、なおさら難しくなってしまう。

が、夏樹はそれをかわすための名案をひとつ思いついていた。

「ちょっと協力してくれないか？　いや、おまえ自身の力はいらないんだけど……」

ごそごそと耳打ちすると一条は腹を抱えて笑い、夏樹の申し出を快諾した。さっそく、ふたりして庭をこっそり抜け、隣の一条邸へと移動する。

そこで待っていたのは馬頭鬼のあおえだった。

「あ、一条さん、おかえりなさいませ。夏樹さん、いらっしゃいませ」

しつけのよく行き届いた下男のように、あおえはその立派な身体に似合わぬ、愛想のいい挨拶をしてくれる。

　夏樹は邸にあがるなり、さわやかな風のような笑顔で、

「悪いな、あおえ。ちょっとお願いしたいことがあるんだけど」

と持ちかけた。一条も家ではめったに見せない微笑みを浮かべて口添えをする。

「夏樹のたっての頼みなんだ、協力してやってくれ」

「はいはい、なんでしょう？」

　無邪気に尋ねるあおえに、「すまないね」と言うや否や夏樹はがばっと飛びかかり、彼の水干を脱がせにかかった。一条は一条であおえの後ろにまわり、そのたくましい身体をはがいじめにする。

　あおえがびっくり仰天したのは言うまでもない。

「や、やめてください。何をするんですか！」

　じたばたと抵抗するが、一条は華奢なようでいて意外と力が強い。彼にふいをつかれて押さえこまれれば、冥府の馬頭鬼とてこの有様だ。

「許せ、あおえ。時間がないんだ」

　夏樹はそう怒鳴りながら、あおえの装束をがむしゃらに剝ぎ取っていく。あおえは乙女のごとき甲高い悲鳴をあげた。

「そんな、やめてくださいぃ。いやですぅぅ。きちんと説明してくださいぃぃぃ」

厭がっているようで、どこか嬉しげにも響いた。一条はなおさら顔を歪めて恫喝した。

「問答無用だ、とっとと水干を脱げ！」

あれえぇと馬頭鬼の悲鳴がこだました。


それから数刻が過ぎ、陽が山の端に傾き出した頃——

桂は再び簀子縁を渡って、夏樹の部屋まで足を運んだ。養い子が気になって仕方がなかったのだ。

さぞかし写経も進んだだろうと思いきや、部屋には明かりひとつ灯っていない。さてはまた居眠りをしているのかと桂は疑った。

「夏樹さま、もうお休みですか？ 夕餉の仕度ができましたけれど」

声をかけると、薄暗がりの中、几帳の後ろで夏樹らしい人影が起きあがる。自分で早々と寝具を用意し、そこに臥せっていたらしい。

「悪いけど夕餉はいらないよ」

そう応えた声はいつもより低く、しわがれていた。

「夏樹さま、お声が」

「ああ、根をつめすぎて風病をひいてしまったようだ」

こほんこほんと咳までする。仮病くさいと思わないでもなかったが、部屋には墨の香りがたちこめている。どうやら本当に、写経に夢中になりすぎて具合を悪くしたらしい。しつこく写経を勧めていた桂としては、いささか申し訳ない気分になってきた。

「そういうことでしたら、しっかりお食べになられたほうがよくはありませんか？」

「いや、いまは食べたくないんだ。このまま寝るよ。明日の朝まで起こさないでくれないかな」

どこか妙だと桂も感じなくはなかったが、几帳のむこうからまたもや咳が聞こえてきたので追及はさし控えた。

「では、あとで夜食になるようなものを用意してお運びしておきますわね。どうぞ、ごゆっくりお休みなさいまし」

邪魔になってはいけないと、過保護な乳母は足音を忍ばせて静かに去っていく。

しばらくして几帳の後ろから洩れてきた声は、低いけれどもしわがれてはいなかった。

「……どうやら、うまくいったみたいですね」

そこに横たわっていたのは夏樹ではなく、馬頭鬼のあおえだった。一条と秘かに大堰へと出かけていった夏樹のために、身代わり役を押しつけられたのだ。

「いきなり襲ってくるから、本気で貞操の危機だと思っちゃいましたよ。まったく、一条さんも夏樹さんも乱暴なんだから」

ぽっと染めた頬を両手で押さえて、そんなことをつぶやく。その指先には墨がついていた。一条たちに言いつけられて、あおえは写経までやっていたのだ。

もちろん筆跡は違うが、熱で朦朧として字もこんなに乱れてしまった、との言い訳も用意済みだ。なんでわたしが、と愚痴りつつ、命じられたことをしっかりこなしている点は義理堅いとも言える。

「それにしても、桂さんの夜食、楽しみですねえ。きっとおいしいですよぉ」

そうつぶやいて、うふふと笑う。どんな状況からでも楽しみをみつける。そんなたくましさ、順応力の高さは彼の美徳と言ってもよかった。

第四章　長い夜

平安京の西、大堰の別荘は近くの川から吹いてくる風が涼しく、実に快適なところだった。

建物はこぢんまりとして、本宅のような豪華さには乏しいが、それがかえって気楽さ、居心地のよさにも繋がっている。弘徽殿の女御とともに別荘へ移ってきた女房たちは、明かりのまわりですっかりくつろいで、おしゃべりに興じていた。

「こちらも悪くはないわよねえ。左大臣さまのお邸はそれはそれで立派だけれど、立派すぎてくたびれてしまうのよ」

「そうそう。だって、対屋には左大臣さまご本人や北の方さまがいらっしゃるわけでしょう。いつこちらへいらっしゃるのかしらと思ったら、気が気じゃなくて唐衣も脱げないわ」

「わかるわ。せっかく女御さまのお供で御所を離れたのですもの、ゆっくりしたいわよね」

女房たちのいるところから一段高い奥では、弘徽殿の女御が脇息にもたれかかっていた。傍らには異母姉の美都子がいて、ふたり仲よく物語絵を眺めている。大きな被害はまだ出ていないとはいえ、あのようなおそろしい出来事が身近で起こったのだ。心細がった女御は姉にいっしょに大堰へ来てくれるよう頼み、姉は快く応じたのである。

美都子にしても、左大臣の北の方がいる本宅よりこの別荘のほうがずっと居やすかろう。夫の頭の中将は最近、帝のお守りにいそがしく留守がちなので、家を出やすいといった理由もあった。

「これでなんの心配事もなかったらよかったのだけど……」

明かりの周辺にいる女房たちは、女御に聞こえぬよう、ぐっと声をひそめた。

「おそろしい生き物だったわね。あの声、あなたたちも聞いたでしょう？」

「もちろん聞いたわよ。耳の奥にこびりついているわ」

深雪と違って屋内で震えていた彼女たちは例の馬の姿を見てはいない。聞こえてきた音や目撃者からの話を繋ぎ合わせ、余計におそろしがっているのだ。

「あんなものに狙われて、定信さまもお気の毒だわ」

「いったい、どのような恨みを買われたのかしらね」

「それはまあね、定信さまほどの上流貴族ならいろいろ恨みも買うわよ。理由があろうとなかろうとね」

「ご自宅にずっと籠もっていらっしゃるんですってね。できることなら、わたくしが駆けつけてお守りしてさしあげたい……」

「それで、うまくいったら玉の輿って？」

こんなときだというのに、くすくすと笑い声が起こる。憧れの君の身を案じていないわけではないのだが、実際に定信が傷を負ったというのならともかく、いまの段階ではまだ危機感も薄い。

「あなたが行かなくったって、あちらはごつい武士たちがちゃんと守りを固めているわよ」

「そうそう。陰陽寮から陰陽師を招くわ、有名寺院から名僧を呼ぶわで、大勢ごったがえしてるんですって。そこまでやれば、物の怪も迂闊に手は出せないでしょう」

事態を楽観視できるのは、場所を移った安心感が手伝っているのか。謎めいた男の狙いは定信で女御ではないと、女房たちはもう決めてかかっている。

が、違う意見を胸に抱えている者もいた。明かりのすぐ近くにいて、会話には加わらず、同僚たちの話に聞き耳を立てていた深雪だ。

（みんなも甘いわね）

彼女は檜扇で厳しい表情を隠していた。

(定信さまが狙いだとしても、あのかたを追い詰めるために、御身内の女御さまを狙うかもしれないじゃない。復讐が目的なら、それぐらいやるわよ。ええ、わたしだったらそうするわ。だって、効果絶大じゃないのよ)

どこかの誰かと同じことを考えている。猫かぶりの人間は平素から他人を騙している分、裏読みをする傾向が強いのかもしれない。

(もっとも、真の狙いは左大臣さまっていう可能性もあるわ。定信さまや女御さまを先に手にかけて、最後に左大臣さまを……なんてね。そんなことになったら都中が大騒ぎだわ)

気楽な女房たちは、すぐ近くで深雪が物騒なことを考えているとも知らず、しゃべり続けている。

「そういえば、こちらにはあの美形の陰陽生が来ているんでしょう?」

「え、そうなの?」

「さっき、下仕えの女童が言っていたのよ。すっごい美形で十六、七ぐらいの陰陽師が待機しているって。それって賀茂の権博士の弟子のことよね」

「そうよね。あれほどの美形はそうざらにはいないもの。あのかたに守られていると思うと、うっとりするわぁ」

女房たちは美形とくると、もう目がない。彼女たちにとって、憧れの君は何人も存在しているのだ。

深雪は一条が来ていると聞いて、ふうんと心の中でつぶやいた。

あの陰陽生の実力はいとこからいろいろ聞いて知っている。昨日は物の怪に遅れをとったようだが、彼のことだ、今日は負けじと対策を練ってきただろう。

（あの馬とあの不気味な男について、一条どのはどういう見解を持っているのかしら。ぜひとも意見を聞いてみたいわ）

深雪は何気なく蔀戸のむこうへと視線を転じた。一条の姿が見えることを期待したわけではない。どのあたりにいるのだろうかと思いながら、無意識にそうしたのだ。

今宵も美しい月が出ていた。そのさやけき光が、外を横切る人影をちらりと照らす。

（えっ？）

深雪はハッとなった。一瞬、見えた衣の色。表を蘇芳、裏に黄色を合わせたあれは、女房の小宰相が着ていたものだ。

反射的に女御たちのいるほうを振り返る。御簾で隔てられてはいるが、内側のほうが明るいのでどうなっているかがよく見渡せる。

仲睦まじく寄り添った女御と美都子。その傍らに控える女房たちの中に、一の女房たる小宰相の姿は――ない。

気になった深雪は御簾の近くまでずりずりと寄って、そこにいた新参女房に小声で訊いてみた。

「ねえ、小宰相の君はどちらに？」

「あ、はい、お疲れになったそうで、局のほうへたったいま下がられました」

「そうだったの」

どうやら、ひと知れず退出していくところを深雪は目撃したようだ。

大したことではない。小宰相ともなれば、誰にも見咎められぬよう退出するわざぐらい、心得ていよう。だが――

女房たちは気楽なようで、実はけっこう怖がっている。ひとかたまりになって、なかなか眠ろうとしないのがその証拠だ。やはり、昨日の今日ということで、緊張がとれないのだろう。

なのに、小宰相はひとりでもう局に下がったという。確かに彼女は度胸がすわっている。ひとりになるのが怖くないのかもしれないが、女御の乳姉妹でもある彼女は、何をするにも女御第一の忠義者だったはずだ。こういう場面で早々におそばを離れるのも不自然な気がする。

一度気になりだすと、意識から閉め出そうとしてもなかなかうまくいかない。むしろ、ああだろうかこうだろうかと、しなくていい深読みまでしてしまう。

（駄目もとで確かめてみようかしら）

局で寝ていたのなら、それでよし。もし、不審なふるまいが見えたら——そのときはそのときだと心に決め、深雪はそうっと戸口へと移動する。小宰相がしたように、同僚たちに気づかれることなく静かに退出するのに成功した。

（ま、宮仕えが長いと、これくらいのわざは自然と身につくわよねえ）

あまり自慢にならない特技だが、深雪はふふふと含み笑いをしつつ、小宰相の局へと向かった。

一部を除けば大堰の別荘はひと気が少なく、簀子縁（すのこえん）はひっそりとしていた。釣燈籠（つりどうろう）の数も本宅に比べれば少なくて、宵闇がいつもより濃く感じてしまう。怖くないと言えば嘘（うそ）になるが、深雪は自分の気持ちにあえて気づかないふりをして進んでいく。

ところが、小宰相の局の前で声をかけても、中からはうんともすんとも返事がない。

「小宰相の君……？」

明かりがついているから、まだ寝入ってはいまい。それとも、消し忘れて眠ってしまったのだろうか。

（だとしたら、火を消してやるのが親切というものよね。火事になったりしたら大変だし）

いちばんの古参女房である小宰相の御機嫌を損ねるのは、深雪も避けたい。だからこそ、いろいろ言い訳を並べ、度胸をつけてから御簾をめくった。

「あのぉ、失礼いたします……」

おそるおそる覗いてみたが、燈台の火が赤々とついている局に小宰相の姿はなかった。

深雪は拍子抜けしてしまい、その場に膝をつきそうになった。

「なんだ……いないじゃない」

ならば、どこへ？

暑いので下屋に湯を使いに行ったのか。やっぱり、女御のもとにいようと思い直して引き返したのか。小宰相の行き先をいろいろ考えていた深雪は、文机の上に置かれていた物にふと興味をおぼえた。

書きかけの文だ。墨のにおいもまだ新しい。しかも、文の上には撫子の花が一輪、意味ありげに置かれている。

「常夏の花……」

撫子は花の時期が長く、春から秋まで咲き続けるので別名、常夏という。このかわいらしい花に結びつけて、文を送るつもりだろうか。だとしたら、これは恋文かもしれない。

ひとさまの文など見てはいけないと思いつつ、ついつい文面を目が追ってしまう。

筆跡は確かに小宰相のものだった。女御ほどではないが流麗な文字で、『いとしいあなたさまのことを日に夜に想い続けております』といった意味の文章がつづられている。

紛うことなく恋文である。

「まあ……」

と言ったきり、深雪は絶句してしまった。

こう言ってはなんだが、小宰相は女御さまひとすじの忠義者で、他の女房たちには厳しく、堅物といった印象の強い女性だ。そのせいか、浮いた話はついぞ聞いたことがない。その小宰相が女御のそばをいそいそと離れ、ひとり局でひっそりと熱い恋心を文にしたためていたとは――

相手が誰か、すごく気になる。

だが、文は書きかけで、相手の名前はどこにも記されていない。

できることなら、たったいま仕入れたこの情報を同僚のところへ持ち帰り、報告会を開きたいくらいだった。が、それをやろうものなら、小宰相の怒りを買い、いびり殺されること確実である。

（それにしても、書きかけの文を置いて、小宰相の君はどこへ？　ぜひとも捜し出して、お相手は誰なのか、訊き出してやらないと）

好奇心の虫が抑えきれない。恐怖心も、もう忘れてしまった。

深雪はさっそく、小宰相を捜して別荘の中を歩き廻った。が、天に消えたか地にもぐったか、先輩女房の姿はどこにもみつからなかった。

夏樹にとって、大堰の別荘を訪問するのはこれが初めてだった。

「やっぱり、左大臣さまの持ち家だけあるよな……」

洩らすのは感嘆のつぶやき。仮の住まいの別荘でさえも、夏樹自身の邸よりずっと広くて立派なのだから、そういう声も自然と出てしまう。

月の光。近くの川辺から飛んでくる蛍。夜空に燃えあがる松明の明かり。そこへ夏の宵の涼風が吹いてくる。すべてが美しく心地よい。

「いつかこの大堰にこんな別荘を持てるといいなぁ」

庭に面した門廊の柱にもたれかかってつぶやくと、同じ柱に片手をついている一条が小さく笑った。

「夢を見るのはいいが、ぼうっとして気を抜くなよ」

「わかってるよ」

夏樹は腰に差した太刀をぽんと叩いてみせた。もちろん、それは菅原道真公ゆかりの太刀だ。

「いざというときはちゃんとこれを使うから」

一条は肩をすくめた。

「光ると目立つし、本当は使ってもらいたくないんだがなぁ」

　本来なら、夏樹は物忌み中でこんなところに来てはいけない身だ。目立つわけにはいかない。というわけで、陰陽生一条の付き添いとの名目で、それらしく水干姿に身をやつしている。

　変装とも言えない程度のものだ。別荘を警固する舎人や武士の中に知った顔はなかったが、深雪がここに来ているのは確実だし、弘徽殿の女房たちにも夏樹は面が割れている。どこまで隠しおおせるか、保証の限りではない。

　それでも、夏樹としては家に籠もって写経をするよりも、変装して現場に赴き、物の怪を待ち伏せるほうがずっとよかった。いつもとは異なる感じに高揚もしている。変装好きのあおえの気持ちがわからないでもない。

「そういえば、あおえ、うまくやってくれているかな」

　身代わりを頼んだ馬頭鬼のことを思い出してつぶやくと、一条は小首を傾げた。

「部屋の明かりはつけるなだの、風病をひいたと言えだの、いろいろ指示は出しておいたが、あいつのことだからな。ちゃんと守ったかどうか」

　そう言われると不安になってくる。

「桂にだけはばれないで欲しいんだけどな。あおえに頼んだのは失敗だったかな」

「あいつを使いたいって言ったのはそっちだろ？」

「だって、おまえの紙人形だとしゃべれないじゃないか」

朝になる前に戻るつもりでいるから、暗いうちだけ誤魔化せればいい。ならば、姿はそっくりでも受け答えのできない紙人形より、あおえのほうがまだ桂を騙せると思ったのだ。

「ま、ばれたらばれたで責任は全部こっちに負わせればいいさ。大嫌いな陰陽師を悪者にしたほうが、乳母どのもやっぱりって思うだろうし」

「いや、そういうわけにもいかないって。そうなったら、いっしょに桂に謝ろうよ」

「うーん、あの乳母どのに夏樹と雁首並べて叱られるのは御免だなぁ……」

ふたりで軽口を叩いていると、さらさらと衣ずれの音をさせて、誰かが近づいてきた。

「あの、もしかして、そこにいるのは陰陽生の一条どのかしら？」

深雪だ。

夏樹はあわてて彼女に背を向けた。が、すでに遅く、いとこがそこにいるのを発見して、深雪はあっと声をあげた。

「夏樹？　夏樹なの？」

ずかずかと近寄ってきて前に廻り、至近距離から顔を覗きこむ。取り繕いようもなく、夏樹はひきつった笑顔をつくった。

「や、やあ……」

「やあじゃないわよ。どうして、夏樹がここにいるのよっ」

家人(けにん)が自宅で亡くなったのを理由に夏樹が物忌みに入ったことは、彼女の耳にも届いていたのだ。

「いや、これには深いわけが……」

たじろぐ夏樹をかばうように、

「わたしが新蔵人(しんくろうど)どのに頼んだのですよ、伊勢(いせ)の君(きみ)」

一条が口調と表情をがらりとよそ向きに変え、弁解役を買って出てきた。

「あの怪馬相手に、わたしが師匠ともどもまったく対抗できなかったのは、あなたもご存じでしょう？　なのに、大堰に移られた女御さまをお守りする役目を仰(おお)せつかって、これは万一のことがあっては大変と悩んだ末に、新蔵人どのに協力を要請したのですよ。あいにくとこちらは物忌みの途中ではありましたが、亡きお母上ゆかりの太刀は新蔵人どのにしか使いこなせぬ宝剣。それで、こっそりとお助けくださることを約定(やくじょう)してもらえたのです」

「まあ、そうなんですの？」

一条に伊勢の君と呼ばれたのがきっかけで、深雪もずり落ちた猫をかぶり直して言葉遣いを変える。

「でも、本当に驚きましたわ。だって、烏帽子(えぼし)に水干がよく似合っていて、どこの下男かと思ったのですもの」

いとこの皮肉に、夏樹は力なく笑って背中に汗を流す。深雪には桂の次にみつけて欲しくなかったのだが、いまさらどうしようもない。ささやかながら反撃してみようと、

「おまえこそ、女御さまのおそばにいなくていいのか？」

そう言ってみたが、深雪には効果がなかった。

「あら、わたしはちょっと用があって先輩の女房を捜していただけよ。そうしたら、思いがけずこちらの一条どのをみつけたというわけ。まさか、そばに夏樹もいるなんてね。悪いことはできないものねえ」

檜扇を揺らしながら、深雪は嬉しそうに目で脅しをかけてくる。見逃してくれるつもりは欠片もないらしい。

「……頼むから桂には黙っておいてくれよ」

「ふうん、桂には内緒で出てきたの？」

「あの桂が許すわけないだろ。いらぬ心配はかけたくないから、身代わりにあおえを置いてきたんだ。おまえが黙っていてくれたら、八方丸く収まるんだから」

「丸くはないわよ。物忌みしなくちゃならない身で、女御さまのいらっしゃる別荘にのこのこやって来るなんて、どういうつもり？」

「女御さまには近づかないよ。ぼくらの目的は怪馬だから」

「当代一の陰陽師でも取り逃がしてしまった相手よ。夏樹でどうにかなるの？」

「なるとも。この太刀があれば」

勇ましいところを示そうと胸を張り、腰の太刀に手を添える。心の中では『……きっと』と付け加えて。深雪は持ち前の勘で夏樹の心の声を聞き取りでもしたのか、疑わしげな表情を隠さない。

「まったく……東の市でのことといい、ひとに気苦労ばっかりかけさせるのね」

深雪のぼやきを聞いて、一条が問うた。

「東の市で何か？」

しまった、と夏樹はあわてたが、もう遅かった。

「ご存じなかったのですか？　夏樹ったら、わたくしと東の市に行った際に、暴走した黒牛に踏み殺されそうになったんですのよ。情けないことに、逃げるひとたちに押されて、道に倒れこんでしまって」

「ほう、そんなことが」

「あのままだったら、どうなっていたことか。あわやというそのときに、見知らぬ男のかたに助けていただきましたの。それで、ここにこうしていられるんですけどね。ほんと、今夜のことといい、いとこにははらはらさせられ通しですわ」

「そうでしょうねえ」

一条はにっこり微笑(ほほえ)むが、その笑みが夏樹には怖かった。どうして黙っていたんだと責められているような気がして。

「そんなことがあったとは知りませんでしたよ。新蔵人さまも水くさい」

「いや、内緒にしていたわけじゃなくて……。こうして無事だったわけだから……」

なぜ言い訳をしなくちゃならないんだろうと内心首を傾げながら、夏樹はしどろもどろになる。

(こんなことなら、桂はともかく、一条にちゃんと話しておけばよかった。でも、なんだか言いそびれて――)

本人も気がついていなかったが、市で助けてくれ、再び鳥辺野(とりべの)で出逢(であ)ったあの男のことを、誰かにあまり語りたくない気持ちが働いていたのだ。

一条に彼の行方を占ってもらうという手も考えなくはなかったが、名前がわかっても生まれ年が不明なら占えないと、以前に言われたことがあった。久継(ひさつぐ)はまさにそれだった。

都人(みやこびと)ではなかったようだし、いつ故郷へ戻ってもおかしくない。時間が経(た)てば経つほど再会は難しくなるだろう。

その一方で、またどこかで逢えるような気もしていた。もしかして、再会を待ち望むこのわくわくした気分を、もう少し自分だけで抱えていたかったのかもしれない。

どうしてこんなにあの男に惹かれるのかもはっきりしないが、たぶん、彼はひとりっ子の夏樹が欲しかった兄に、あるいは自分がこうなりたいと願う理想像に近かったのだろう……。

そんな、自分でも『かもしれない』だの『こうなんだろう』としか言えない曖昧な気持ちを、どう説明したら一条にわかってもらえるのか。困り果てていると、いきなり、深雪が小声で言った。

「ちょっと……いま、何か聞こえなかった？」

彼女の表情が一瞬にして緊張したのを見て、夏樹も耳をそばだてる。一条もそれに倣う。

だが、何も聞こえてはこなかった。近くの川の瀬音や蛙の鳴き声、別荘の中のひとびとが交わす声、そういったもの以外は。

「いや、何も」

「わたしも何も聞こえませんが」

夏樹と一条にそう言われ、深雪は不安そうに周囲を見廻した。

「でも、いま確かに……」

「どんな音が聞こえたんだ？」

問う夏樹の顔を、深雪は大きな目でみつめ返す。まるで、何が聞こえたか口にするのを怖がっているかのように。

彼女はためらいを押しのけるように首を振り、息をひとつ呑みこんでから言った。

「いま、馬のいななきが……」

その言葉と重なるように、遠くで獣の声が長く尾をひいて響いた。

犬の遠吠えでも、蛙でももちろんなく、確かに馬のいななきだった。今度は夏樹も一条もそれを耳にしたのだ。

「来たぞ！」

夏樹は鋭く叫ぶと、一条とともに庭へ走り出ていった。待ちかねていた敵を迎え撃つために。

規模は小さいが別荘も本宅と同じ寝殿造り。南側に広い庭があり、築地塀で敷地を囲んである。

夏樹たちは庭に出て、周囲をぐるりと見廻した。築地塀はもちろん、女御のいる寝殿、西の対、自分たちがいた中門廊すべてを視認する。が、どこにも曲者の姿は見えない。

遅ればせながら、武装した家人や侍たちが庭に駆けつけてきた。

「出ましたか!?」

「いななきをわたしも聞きましたぞ！」

先に庭に出ていた夏樹たちに質問を浴びせかけてくるが、答えようがない。が、これだけ大勢が聞いたのなら空耳ではなかったのだろう。

「厩の馬か、警固の者が連れてきた馬とは違うのか？」

一条は冷静に確かめる。が、集まってきた男たちは「それはない」と口々に断言する。

では、あの馬が――龍馬とみまごう空飛ぶ馬が、いよいよこの大堰の別荘にやってきたのだ。

「女御さまの守りは？　ここは少しでいいから、女御さまのまわりを固めるんだ」

一条がまるで指揮官のように指示を飛ばす。男たちはあたふたとそれに従った。

数はいても、それをまとめる者がいないのだ。左大臣邸と定信の中納言の邸と、ここの他にも守るべき場所がある。人員が分散され、大堰の別荘がやや手薄になっているのは否定しようがなかった。

「深雪は？」

さっきまで三人でいた中門廊には人影がない。もしや、との不吉な予感にあせる夏樹に、一条が早口で告げる。

「大丈夫だ。寝殿のほうへ走っていくのを見た」

「そうか」

これで心配事のひとつは消えた。あとはどこから敵が来るかだ。むこうは空を飛べる。

左右、前後、上空、足もと以外のすべてに気を配らなくてはならない。

緊張が一気に高まっていき――涼風の甲斐もなく、夏樹の身体は汗ばんでいく。庭に残った男たちも、全員が不安げに目をさまよわせている。

そこへ、突然。

ガッと、何か硬いものを地面に打ちつけるような音が響き渡った。

仰天した男たちが音のしたほうを振り返る。次の瞬間には、全員がその場に凍りついてしまった。

巨大な白い馬がかなりの高さをものともせず、一気に築地塀を飛び越えてきたのだ。庭に着地し、大きく頭をのけぞらせていないたその馬は、間違いなく昨夜の左大臣邸に現れた怪馬だった。

「来たな！」

他の男たちは及び腰になって逃げ出す者すらいるというのに、一条の声は明るい。屈辱を晴らす好機がめぐってきたと、あからさまに喜んでいる。

夏樹は喜んでまではいなかったが、逃げずに太刀を鞘から抜き放った。母の形見、物の怪をも斬り捨てる刃が、月光に冴え渡る。

一条は虚空にむかって大声で式神の名を呼んだ。

「水無月！」

たちまち、ぼっと紅い炎が宙に灯る。馬の脇腹の赤斑よりも色濃く、中心はほとんど黒に染まっているような、不思議な炎だ。

「行け」

一条が命じるや、紅蓮の炎は怪馬に襲いかかった。馬が前脚を高く振りあげて脅しても、炎はするりと側面を廻って馬の背後をとる。

突然、長いたてがみに紅蓮の炎が飛び火した。

たてがみ全体が燃えあがる炎と化す。馬は火を消そうと激しく頭を振るが、式神の炎はたやすく消えたりはしない。

「やった!!」

と、何もしなかった男たちが歓声をあげる。だが、一条の表情は依然険しい。

「まだだ」

まるでそのつぶやきを証明するかのごとく、馬は頭を振るのをやめた。ぱちっぱちっと薪のはぜるような音がしたかと思うと、火が毛先から小さくなっていく。

瞬く間に火は消えた。それだけならともかく、あれほど燃え盛っていたはずのたてがみが、まったく焦げていない。

「火は平気か」

一条の声は淡々と響く。またもや術が破られたというのに、さほど衝撃は受けていないらしい。むしろ、敵の手応えを楽しんでいるようだ。

「予想はしていたよ」

強がりではなく事実なのだろう。権博士に見せられた龍馬の絵は炎を口から噴き出していたと一条が言っていたのを、夏樹も思い出す。おそらくそれが頭にあって、火に対して相手がどう出るか確かめようとしたのだろう。

「おまえは本当に龍馬なのか？」

返答なのか怒りの雄叫びなのか、馬は高くいななき、まだ周囲を飛び廻っていた赤黒い火の玉に噛みついた。水無月の本体である火の玉は、頑丈な歯によってたちまち砕かれてしまう。

夏樹は仰天して声をあげた。

「水無月が！」

すかさず一条が応える。

「大丈夫、水無月は逃げただけだ。それより、太刀を！」

促され、夏樹は太刀を中段に構えた。柄を握りしめる両手にじっとりと汗がにじむ。

（菅原道真公よ……）

心の呼びかけに応じるように、太刀の刃が白く輝き始める。さらに、一条が北野神社の祝詞を唱える。

「掛巻モ恐キ天満宮菅原之大神ノ……」

昼間、夏樹の部屋で一条が無理に祝詞を唱えた際は、太刀になんの変化も生じなかった。しかし、いまはひとつひとつの言葉が太刀の輝きと連動しているのが、見た目にもはっきりとわかる。

さすがの怪馬も、光る太刀に対しては戸惑いを見せ、足踏みをした。下手をすると、そのまま逃げてしまいそうだった。

「逃がすか！」

夏樹が吼え、一条は祝詞にさらなる気迫を込める。

「宇豆ノ廣前ニ忌麻波利浄麻波利テ慎ミ敬ヒ畏ミモ白ス！」

夏樹はまばゆく輝く太刀を振りあげ、敵に向かって突進した。

が、振りおろした刃は虚空を薙いだに過ぎなかった。つい先ほどまで怪馬がいた空間には何もない。

消えた——と思った刹那。すさまじい衝撃が夏樹を襲った。

怪馬はすんでのところで宙に浮かび上がり、その前脚で夏樹の頭を蹴りつけたのである。

狙いはそれ、蹄は彼の頬をかすっただけで済んだ。そうでなかったら、頭を割られて確実に息絶えていただろう。が、それでも夏樹は踏みとどまれずに後ろへ倒れこんだ。

無防備に仰向けになって見上げた上方に、あの馬がいる。荒い鼻息を発しつつ、急降下してくる。その蹄で、今度は夏樹の腹を踏みやぶる気だ。

しかし、夏樹は身体を回転させて蹄をよけた。彼の目と鼻の先に着地してきた馬の脚へ、光る刃を叩きつける。

鮮血が散った。まるで、ひとのような悲鳴があがる。

それでも、傷は浅い。跳びのいた馬の動きには、怪我の影響も出ていない。血を流すその脚で、しきりに土を蹴っている。

怒りのあまり、痛みを感じていないのかもしれない。その黒い目はぎらぎらと輝き、大きな身体はさらに膨れあがったかのよう。道真公ゆかりの太刀を前にして畏れるどころか、逆に戦意をかき立てられたようだ。

素早く起きあがって太刀を構えた夏樹だったが、火を噴かんばかりに燃える相手の目を見ただけで、戦意が萎えそうになる。

あちらは凶暴極まりない怪馬。身体はこちらより何倍も大きく、全身から放たれる威圧感も相当だ。しかも、自在に空を飛ぶときている。無謀すぎたかと、いまさらながら思わないでもない。

一条が後ろで何かを言ったが、いまの夏樹には聞こえない。頬の傷からぬるぬるしたものが首に垂れていくのも気にならない。ただ目をいっぱいに見開いて、相手の次の動きを待っている。次に襲いかかってこられたときはよけきれないだろう——そんな確信めいたものを感じながら。

けれど、ふいに高い位置から聞こえてきた声は、やけにはっきりと耳に届いた。

「ほう。まだやる気か。焔王（えんおう）が怖くはないか」

面白がるようなその声は、馬のむこうに続く築地塀の上から聞こえた。夏樹は視界に馬の姿をとどめたままで、声の主を探した。

いつの間にか、築地塀の上に男が立っていた。

痩せた長身を包む薄汚れた水干、乱れ放題の長い髪、その髪に覆われて定かではない顔。一条に聞かされた、謎の男の風体とまったく同じだ。

昨夜にひき続き、今夜も馬とともに現れた。では、彼がこの怪馬のあるじなのだろうか。

「おまえは……」

夏樹が問う前に、唯一、髪に隠されていない薄い唇が冷ややかに笑った。

「かすり傷とはいえ、焔王を傷つけるとはなかなか。だが、次は……はたしてよけきれるかな？」

夏樹に次をよける自信がないことを、男はすでに見抜いているのだ。

それは、もはや闘うまでもなく、夏樹の敗北が——ひいては一条の敗北が決定したことを意味していた。

一方、深雪は夏樹たちが馬の声を聞いて庭に飛び出したと同時に、中門廊から寝殿へと走っていた。女御に危険を知らせなくてはと思ったのだ。

こういうときには、裾の長い衣が本当に邪魔くさい。何度も袴の裾を踏んでつんのめりそうになりながら、深雪はやっとの思いで寝殿へとたどりついた。

ちょうど、庭では警固の者たちが大勢駆けつけ、騒がしくなってきた頃。屋内にいて馬の声を聞かなかったであろう女房たちも、外のざわめきには気がついていて、不安そうに身を寄せ合っている。

「何事ですか、伊勢の君」

御簾を上げて尋ねたのは美都子だ。

姉の後ろで、女御は真っ青になって震えている。外で何が起こったのか——怪馬が現れたことを、女御は察してしまったのだろう。

これ以上、女御をおびえさせたくなかったが、訊かれた以上は報告しなければならない。

「お気をつけくださいまし。昨夜の馬が、この別荘に現れたのでございます」

女房たちはおののき、広袖でいっせいに顔を隠した。手近な同僚の肩にすがって気を失いかける者もいる。

深雪は素早く視線を走らせ、小宰相を捜した。彼女の姿はなかった。先ほど局を覗いたときにもいなかったが、こんなときにいったいどこへ。

訝しんでいると、その小宰相が足早に簀子縁を渡ってきた。

「女御さまはご無事ですか」

小宰相はそう言いつつ深雪の横をすり抜け、女御のそばへと急ぐ。すれ違ったそのとき、彼女の身体からは微かに墨のにおいがした。ついさっきまで文を書いていたか、

(あるいは懐に書かれたばかりの文が忍ばせてあるとか……？　もしかして返事？)

こんなときだというのに、深雪は気になって仕方なかった。しかし、みなの前で先輩女房を問い詰めることもできない。

まさか、後輩の伊勢の君が文になみなみならぬ関心を寄せているとも知らず、小宰相は女御のそばからてきぱきと指示を飛ばす。

「そこのかた、明かりを消してちょうだい」

「あ、はい」

燈台の近くで青くなっていた若女房が火を吹き消すと、部屋はたちまち闇に沈んだ。

「みんな、落ち着いて。あやしの者が去るまで静かにして。ここに女御さまがいらっし

やることを気取られてはなりませんよ」

小宰相もそう言ったきり、口を閉ざす。その後に聞こえてくるのは、何人かの押し殺した泣き声と震える吐息だけだ。この暗闇なら、賊が押し入って女御をさらおうとしても誰が誰やらわからないに違いない。小宰相の狙いはまさにこれなのだろう。

深雪は先輩女房が咄嗟にきかせた機転に、内心、舌を巻いていた。

が、暗闇でじっと息をひそめていると、いらぬ想像ばかりが膨らんでしまう。外から洩れ聞こえてくる男たちの怒号や悲鳴、あわただしい足音などがそこへさらに拍車をかける。

深雪の場合、あの場に夏樹が混じっていると知っているだけに、気が気ではなかった。

（どうしよう、どうしよう。夏樹、どうか無事でいて）

と、内心おろおろしている。

（一条どのが悪いのよ。物忌み中のあいつをこんなところに引っぱり出して）

他の女房ならもてはやす一条の美貌も、深雪には通用しない。彼が美しいのは認めるし、定信の凛々しさにうっとりしたりもするが、やはりいとこの夏樹は別格。昔から好きだった。ずっとこちらを見ていて欲しくて、さんざん憎まれ口を叩き、からかってきた。

このままにはしておけない。せめて、外がどうなっているのかを知りたい。

女御さまなら、もう大丈夫。小宰相を含めた女房たちがいるし、仲のいい姉君もいる。わたしひとりいなくなったところで、暗いし、きっと気づかれないわ――

はやる気持ちを抑えかね、深雪は暗闇の中を手探りで戸口まで進んだ。柱と御簾の間をすり抜け、簀子縁に出て勾欄にすがりつく。精いっぱい身を乗り出して、目を凝らす。

そこで彼女が見たものは、おそろしげな怪馬と光る太刀を手にして闘う夏樹の姿だった。

「夏樹……！」

大声を出してはいけない。じっとしていなくては。

頭ではわかっていても難しかった。この世のものとも思えぬ馬が凶器そのものの脚で、おのれの恋しいひとを蹴り殺そうとしているのだ。

東の市での光景が脳裏に甦ってくる。あのとき、暴走する黒牛から知らない男が夏樹を助けてくれた。今度は誰が彼を助けるというのか？

馬は大きく跳躍し、深雪の見ている前でいとこの頭を蹴りつける。咄嗟に目をつぶったが、おそるおそるあけると夏樹はちゃんと生きていて太刀をふるっていた。

危ういところでよけおおせたらしい。頬から血が出ているが、怪我はそれだけで済んだようだ。深雪は大きく息をついた。

が、敵は再度の機会をうかがっている。しかも、築地塀の上に新たな敵が姿を現す。

塀の上の男は昨夜、左大臣邸に現れた男と同一人物だと、離れていてもすぐわかった。あれはきっと、怪馬の使い手。獰猛なけだものに命じて、邪魔な夏樹を片づけるつもりに違いない。

そんなことはさせない。もう見ているだけは厭だ。ここで何もせずに立ち尽くしているよりも、我が身を挺して夏樹を守ったほうがどれほどいいか。

瞬時に覚悟を決めた深雪は、その場から走り出そうとした。ところが、一歩踏み出した途端、後ろから腕をぐいとつかまれてしまう。

驚いて振り返り、さらに仰天する。いつの間に近くに来たのか、美都子がすぐそばにいて深雪の腕を握っていたのだ。御簾のすぐむこうでは、女御と小宰相が心配そうにこちらを見ている。

「行っては駄目。危険だわ」

美都子はそう言っておきながら、深雪を押しのけて自らが走り出した。簀子縁を横切り庭へ駆けおりた姿は、まるでたおやかな鹿のようだ。

「御方さま⁉」

深雪が驚きの声をあげる。女御も小宰相も驚愕している。

どうして美都子がそんな行動に出たのか、深雪には理解できなかった。けれども、気づけば彼女自身も美都子を追って走り出ていた。

ることは、もはや誰にもできなかった。

「お待ちなさい、伊勢の君！」

背後で、女御と小宰相の悲鳴に似た声が聞こえる。しかし、走り出したふたりを止めることは、もはや誰にもできなかった。

「姉上！」


絶体絶命の事態に直面していた夏樹だったが、寝殿から女人がふたり駆け出してきたのに気づくと、危険も忘れて振り向いた。

命知らずが誰だかわかるや、彼はうっと息を呑んだ。先頭の女性は知らない顔だが、その後ろを走るのはいとこの深雪ではないか。

「馬鹿、来るな！」

思わず馬鹿呼ばわりしてしまったが、ふたりとも止まらない。一条が両手を広げて、

「駄目です、さがって！」

と声を大にするが、彼女たちは耳を貸さない。

陰陽生は顔に似合わぬ荒々しい舌打ちをし、女人たちの前に立ちはだかって実力行使に出ようとした。だが、とんでもないことに深雪が一条の肩に体当たりを食らわし、その隙にいまひとりの女人が先へと進む。完全に不意を突かれた一条は、珍しく目を丸く

している。

見れば、撫子の花のような可憐なひとだった。しかし、表情からもうかがえるその内面は、熱く激しくて――

彼女は夏樹の前でやっと足を止めた。が、その目に夏樹は入っていない。大胆にも、塀の上の男に向かって厳しい口調で審問を始める。

「おまえはどこの誰？ 他のかたならばいざ知らず、弘徽殿の女御さまを脅かすような真似はこのわたくしが許しませんよ」

これには深雪も驚いて立ちすくむ。夏樹も一条も面食らう。

察するに弘徽殿の女御に仕える女房なのだろうと、夏樹は思った。気持ちはよくわかるが、やはり相手をいたずらに刺激してはいけないと、用心しながら彼女に腕をさしのべる。

「いけません、女房どの。ここは危険……」

彼女は夏樹の腕を平手で叩いて退けさせる。

「わたくしは女房ではありません」

毅然としたその言葉に夏樹はあっけにとられ、塀の上の男は笑い声をほとばしらせる。

「さすがは左大臣の姫君、頭の中将の北の方、美都子さまでいらっしゃる」

夏樹はそれを聞いて心臓が止まりそうなほど驚いた。

「頭の中将さまの奥方!?」

知らなかったこととはいえ、夏樹は上司の妻を馬鹿呼ばわりしたのだ。愕然とする夏樹に、一条が「大丈夫か」と声をかける。とても、大丈夫だとは言えない。首を横に振るのが精いっぱいだ。

美都子は夏樹たちなど依然、眼中になかった。睨みつけるのはひたすら、塀の上にいる長髪の男だ。怪馬すら気にもとめていない。

怪馬はそれが不満なのか、しきりに足踏みしている。男の許しさえあれば、すぐにも美都子に飛びかかりたそうな雰囲気だ。

男は馬に声をかけた。

「落ち着け、焔王。奥方さまに失礼だぞ」

それで馬はなだめられても、美都子のほうは収まらない。

「わたくしを知っているのですね」

どうしてそんなことがあり得るのかと、夏樹は不審に思った。貴族の女性は檜扇で隠したり御簾で隔てたりなどして、身内でもない異性においそれと顔はさらさない。ましてや、身分が違えばなおさら。男が知っているはずがないのだ。なのに、ひと目で美都子の素性を見抜いたのはなぜ？

「目的は何？　定信さま？　女御さま？　それとも、わたくし？」

男の口の端が、意味ありげにきゅっと吊(つ)りあがった。

「恨みを買うようなことをなさったおぼえがありますか？　たとえば、どなたかを裏切られたとか……」

美都子の顔色が劇的に変わった。死人のように青ざめたかと思うと、次の瞬間には怒りに赤く染まる。

「おまえ！　顔を見せなさい！」

男は顔をのけぞらせて哄笑(こうしょう)した。髪が波打ってあと少しで顔の上半分がさらけ出されそうになるが、やはりぎりぎりのところで見えない。

見えないほうがいいのかもしれない。夏樹は直感でそう思った。

男の笑い声に、どこか非人間的なものを嗅ぎとったのだ。あの長い髪は顔を秘するためではなく、直視することのできない何かおぞましいものを隠しているのではないかと――そんな想像をしてしまう。

美都子がもっと男に近づこうと、前へ出ようとする。夏樹は無礼を顧みず、彼女の手首をつかんでひきとめた。

「駄目です、やつを刺激しては」

美都子は縛(いまし)めを振りほどこうとするが、夏樹のほうもここで放しては頭の中将に申し訳ないと、力をこめて握りしめる。

その様子を、男は細い身体を笑いの発作で痙攣させつつ見下ろしている。

「もう行くぞ、焔王」

男がそう告げるや、怪馬は身体を反転させて築地塀に駆け寄ろうとした。このまま逃げてしまうつもりらしい。

そうはさせじと、夏樹は美都子を放して怪馬に追いすがった。一条も彼のすぐ後ろに続く。よろけた美都子を、深雪が支える。

菅公の太刀はまだ白い光をまとっていた。追いついてこの刃を振り下ろせば、まだ勝ち目はあるはずだと、夏樹は信じた。

その気持ちを読んだかのように、一条が両手で印を結んで真言をひと息で唱える。すると、ほんの刹那ではあったが、怪馬の脚が何かにひっかかったかのように乱れ、速度が落ちた。

「この程度か」

一条はくやしそうに言ったが、夏樹にはそれで充分だった。太刀の切っ先がなんとか怪馬に届く範囲にまで追いつく。

たとえ皮一枚であっても傷つけられたなら、馬の動きはまた乱れるだろう。そこでまた太刀を見舞い、一気に片をつける。築地塀に飛びあがる前、空へ逃げる前に動きを封じるにはそれしかない。

「食らえ！」

夏樹は気合いをこめて太刀を振るった。

光の残像が闇をすべり、馬の身体ぎりぎりのところをかすめようとするのが、やけにゆっくりと目に映る。だが、そこで夏樹は本能的に身をひいてしまった。

千載一遇の好機だったのになぜ、と頭では考える。だが、身体は前に行かずに横へ跳べと指令を下した。

そして、身体の指示に無意識に従った次の瞬間、背後から飛んできた矢が夏樹の右腕に刺さった。

あっ、とあげた悲鳴は自分のものだけではなかった。まったく同時に発せられた一条の叫びが、自分の悲鳴とぴったり重なったのだ。

一拍遅れて長く響いた女の悲鳴は、深雪のものだったのだろう。

その隙に、馬は築地塀を飛び越して視界から消える。あの男も同様に、姿をくらましてしまった。もはや、追いつくのはとうてい無理だ。

連中はまたもやすやすと逃走してしまったのだ。

夏樹は太刀を落とし、その場に片膝ついてうずくまった。

もう、太刀は光っていない。その事実が機会を逃したことを物語っている。くやしさと矢傷の痛みで、夏樹は頭ががんがんしてきた。

後ろから矢が飛んできたからには、誰か共犯者がいたのだろう。馬と長髪の男にばかり気をとられ、背後をがら空きにするとはなんと無様な、と歯嚙みする。いまさら追ったところで、射手もとっくに逃げおおせているはず。こちらは利き腕を傷つけられたのに、むこうは馬の脚にかすり傷ひとつだけとは。

「くそっ……」

悪態をつきながら、夏樹は矢を抜こうと後ろを振り返った。

そのまま、身体が凍りついてしまう。振り返ったその先で一条が——背中に矢を受けて倒れていたのである。

あの叫びはこれだったのか。矢を受けたのは自分ひとりではなかったのか。

「一条……！」

おのれの腕に刺さった矢を抜くのも忘れ、夏樹は倒れ伏している友人に走り寄った。

矢は彼の背中に深く刺さっている。しみ出した血がもう狩衣(かりぎぬ)の背面ほとんどを赤く染めぬいている。

もしも夏樹が本能に従ってよけなかったら、いま腕に刺さっている矢も夏樹の背中を貫いていたに違いない。

「一条！　一条！」

腕の中に抱き起こすと、一条はうっすらと目をあけた。しかし、焦点は定まっていない。

血の気がなくなって一条の肌は透き通るように白くなり、そこへ乱れた髪がひとすじふたすじかかって、息を呑むほどきれいだ。死を予感させる不吉な美しさだからこそ、なおさら。

「しっかりしろ、おい！」

矢傷を負ったふたりに、深雪が息をはずませながら駆け寄ってくる。

「夏樹！　駄目よ、揺らしちゃ！」

深雪に言われるまで、夏樹は一条を揺さぶっていたことにも気がついていなかった。

「いま、御方さまがひとを呼びにいかれたわ。あなたも怪我をしてるのよ、落ち着いて、夏樹」

「矢を放ったのは……」

「わからないけど、寝殿の屋根の上に誰かいたみたいなの。あっちから矢が二本、同時に飛んできたから」

同時に二本の矢を放って異なる的に当てるような神業は、なかなかできるものではない。少なくとも共犯者はあとふたり、寝殿の屋根にひそんでいたのかと、夏樹は思った。

いまさら屋根を見上げても、当然のことながら誰もいない。

自分がもう少し警戒していれば。背後の敵に気づいていれば。そうしたら、こんなことには……。

どう考えても、あの切迫した状況でそこまでするのは不可能だった。そうとわかっていても、自分を責める言葉が頭の中をぐるぐる廻る。矢をよけたことすら、後悔となって夏樹を責めさいなむ。

「一条……」

涙がこぼれて、一条の頬に落ちた。そのせいか、ふっと一条の目に光が灯った。合わなかった焦点が、見下ろす夏樹の顔へと結ばれる。唇からため息のようなささやきがこぼれる。

「なつ……き？」

「一条？　ぼくがわかるのか⁉」

一条の青ざめた唇はわずかに微笑んだように見えた。

「しっかりしろよ、傷は浅いからな。もうすぐひとが来るから、権博士も呼んでもらうから、少しの辛抱だからな」

呼びかけ続けないと一条が消えていってしまいそうで、夏樹は一所懸命にしゃべり通した。

「あいつら、逃げてしまったけれど、共犯がいたようなんだ。寝殿の屋根の上にひそんで、そいつがぼくらに矢を射かけたらしい。油断したよ。情けない。でも、次は負けない。な、そうだろ、一条？」

返事はない。一条は再び目を閉じている。唇はほのかに微笑んだままで。夏樹の無事を確認して安堵(あんど)したかのように。

「おい、一条」

軽く揺さぶってみるが、反応はない。長いまつげすら震えない。整った顔が動かなくなったせいで、彼の美貌がなおさら人形めいて見える。きれいで、硬く、冷たい、人形――

「一条？」

顔の前にそっと手を近づけてみた。だが、手のひらにふれるべき息吹はまったく感じられない。

背中の傷からは血がじくじくと流れ出ている。それといっしょに彼の命も流れ出していく。もう、ほとんどこの身体には――残っていない。

「馬鹿な……」

呆然(ぼうぜん)とする夏樹の中で、ふいに感情が爆発した。それは炎のごとき怒りとなり、出口を求めて噴きあがってくる。

「起きろよ！」

「駄目よ、夏樹」

深雪が止めるのも聞かず、一条の身体を力いっぱい揺さぶった。

「おまえが死んだりするもんか。おい、ふざけるなよ。目をあけろよ」

いくら呼んでも応答はなく、いくら揺さぶってもその身体に命の手応えはない。ただ、がくがくと力なく前後に揺れるばかりだ。

夏樹は友をきつく抱きしめた。そうすれば、自分の命を彼に分け与えられるような気がして。

結果は、どんどん冷たくなっていく友の身体を実感するばかりだった。

「一条……？」

胸に押しつけた身体が冷えていくにつれ、自分の心も凍てついていく。射られた右腕の痛みも感じられない。深雪のすすり泣きも聞こえない。友の死に顔も見えない。

「一条――!!」

夏樹の絶叫が夜空にこだまする。

この夜はもう永遠に明けないような気さえした。

（暗夜鬼譚　空蝉挽歌〈中〉につづく）

真夏の怪

　夏も盛りの猛暑のある日。

　一条は師匠である賀茂の権博士の名代として、泉大夫と称される貴族の邸を訪問した。

　大夫は後宮いっさいの事務を統べる要職。そこに泉とついたのは、彼が自邸の敷地内に清水の湧き出でる泉を有しているためだった。

　平安時代の貴族の邸宅は、南側に南庭と呼ばれる庭を広く設け、そこに池を配する場合が多い。泉大夫の邸では、泉があるだけに池も広く、その池に張り出す形で釣殿と呼ばれる建物が設けられていた。文字通り、釣りをするためのものだが、そこでは観月の宴なども催される。特に暑い夏などは、涼みながらの宴席にもってこいの場所だった。

　ところが、その釣殿の周辺でこの頃、怪事が発生するというのである。

　誰もいない釣殿から何やら妙な物音が聞こえる。不審に思った家人が様子を見に行くと、なぜか釣殿の簀子縁と廂の床がぐっしょりと濡れていた。もちろん、雨など降ってはいなかった。

　夜の池で、八尺（約二・四メートル）はありそうな生き物が跳ねるのを見た。そんな大きな魚はこの池にはいないはずなのに。などなど。

家人や女房たちは気味悪がり、次々に暇乞いを申し出るようになった。困り果てた泉大夫から、頼むからどうにかして欲しいとの依頼が、賀茂の権博士のもとに持ちこまれたのだが——

「やっと来たかと思ったら、このような二十歳にも満たぬ若造ひとりを寄越すとは。賀茂の権博士はこの大夫を軽んじているということか」

一条を前にし、泉大夫は泥鰌のような細い髭を震わせて不快の念を露わにした。

これはごく一部の者にしか知られていないことだが、権博士は有能であると同時に、忘れっぽさにかけても天下一品だった。その結果、のちの世で言うところのダブルブッキングをやらかしてくれたのだ。ゆえに仕方なく、弟子の一条が代わりに泉大夫邸を訪問することになってしまった。

泉大夫はぐじぐじと文句を並べ立てていく。うるさいな——と心の中ではぼやきつつ、一条は殊勝に頭を下げた。

「お怒りはごもっともです。わたくしのような若輩者ひとりきりで、果たして怪異を退けられるのかとお疑いになるのも致しかたなきことかと」

用意してきた口上をさらさらと述べる。ここで素の自分をさらけ出し、ふんぞり返るつもりは、一条にも毛頭なかった。

その証拠に、今日は垂纓の冠と直衣をきちんと身に着けている。普段は髪も結わず、烏帽子もかぶらず、怠惰に過ごしているのに。隙のない出で立ちが生来の美貌と相まって、どこぞの御曹子かと思わせるような気品を漂わせることに成功していた。

　さらには珍しい琥珀色の瞳を意図的に揺らめかせ、泉大夫を見据えて、「ですが」と訴える。

「わたくしにも陰陽道を学ぶ者としての矜持がございます。こちらの一件をあえて託してくれた、師匠の期待にも応えたいのです。どうか、どうか、今宵ひと晩、怪異が生じるという釣殿にわたくしを置いてはくださいませんでしょうか」

　泉大夫が目に見えてたじろいだ。言葉ではなく、一条の揺れるまなざしが力を発揮したのだろう。

「か、怪異が怖くはないと申すのか」

「そうは申しません。ですが――」

　一条はそこで間を置き、目を伏せて、切なさを演出した。

　そして一転、顔を上げ、泉大夫と再度、視線を合わせる。瞳を潤ませておくのも忘れない。そのあたりは、自邸に居候させている馬頭鬼のあおえを参考にしている。

　泉大夫がひるんだのを確認し、一条はここぞとばかりに声に感情を込めた。

「大夫さまのために、この身をなげうちましょう。その結果、どのようなことになろうとも後悔はいたしません。怪異に苦しむひとびとを救い、都に平安をもたらすことをこそ望んでおりますれば」

「そなた、そこまで……」

「陰陽の道に進む者は、わたくしの師はもちろんのこと、みなそのように考えております」

大嘘であった。

そもそも、陰陽寮に属する陰陽師の主な役割は、都の平安うんぬんではなく、天文観測に基づいた占いでもって儀式の日取りなどを取り決め、朝廷に進言することだ。彼らはいわば、宮廷占い師なのである。特殊技能を有する専門職ゆえに、怪異と相対し、怪異を退けることが世人から期待されるようになったに過ぎない。

それでも、期待されたことに応えるべく、陰陽師たちも研究を重ね、技術を磨いてきた。一条もその点は自信があり、矜持ももちろんある。池でポチャポチャやらかしているだけの物の怪に負けるものかという矜持が。

「そ、それほど申すのであれば」

ごほん、ごほんと咳払いを重ねながら、泉大夫は一条が釣殿にひと晩籠もる許可を与えてくれた。ありがとうございますと頭を深く下げながら、心の中では彼が「たやすい」と舌を出していることにも気づかず。

かくして、一条はその夜、大夫邸の釣殿に籠もることとなった。

十二夜のふっくらとした月の輝く、静かな夜だった。誰も近づかないようにと命じておいたので、なおさら静かだ。命じられずとも、怪異の生じる現場にわざわざ近寄る物好きはいなかったろう。

釣殿は壁のない吹き放ちの小ぶりな建物だったが、内部に母屋（もや）も廂もあり、四方は簀子縁で囲まれ、勾欄（こうらん）も取り付けてあった。建物の片側は池に張り出しており、廂にすわって外を眺めると、屋根付きの船で池に漕（こ）ぎ出しているような心地になる。

邸内の泉から水を引いて、池は澄んだ水を満々とたたえていた。今年は雨が少なく、あちこちの池が干上がっているというのに、ここだけは例外だった。

（ひょっとして、この豊かな水が水不足で悩む誰かの妬みを買ったとか？）

一条はそんな想像をめぐらせてみたが、確証には至らなかった。呪詛（じゅそ）を疑わせるような、凶々（まがまが）しい気配は特別、感じられなかったのだ。

とはいえ、大夫という地位も充分、妬みの対象になり得るし、遊びの恋愛がらみで女人から恨まれている可能性もなくはあるまい。呪詛の可能性そのものを捨てるのは、まだ早かろう。

一見、華やかな王朝貴族も、裏はかなりどろどろとしている。光がまぶしいほど闇が濃くなるのは、自然の理（ことわり）だ。

だからこそ怪異も生じやすく、どうにかしてくれと、陰陽師のもとに依頼が持ちこまれるのはざらだった。その一方で、単なる気のせいだったで終わることも少なくない。

(さてさて、こたびはどんな目が出てくるやら……)

過剰に期待は持たぬよう、かといって油断もしないよう、平常心を保ちつつ、一条は釣殿におとなしく座していた。最初こそは。

水面(みなも)を渡ってくる風は涼しく、天空の月はもとより、水面に映った月の影もまた趣深い。親しい友人と納涼を兼ねて来ているのなら心地よかっただろうが、そうではないのだ。出された夕餉(ゆうげ)を少しずつ摘(つ)まみながら、怪異が起こるのを待っているうちに、一条は次第に退屈になってきた。

(眠い……)

薄縁(うすべり)の上にごろりと横になる。

「来るなら早く来い……」

そんな罰当たりなことをつぶやいて、一条はおのれの腕を枕に眠り始めた。泉大夫の邸の者たちは怖がって、釣殿に近づこうともしないので、遠慮は一切いらない。いや、冠を抛(ほう)り投げたり、髪を解かなかった分、これでも遠慮している範疇(はんちゅう)に入るのかもしれない。

それほど長くは眠っていなかった。眠り自体も浅く、ぱしゃんと水の跳ねる音がして、一条はハッと目を醒(さ)ました。

用心深く身を起こし、水音が聞こえてきたほう——夜の池をうかがう。月の光を受けて、池の水面がうねっているのが視認できた。何か大きな生き物が池を遊泳しているらしい。

（……八尺もあるかな？　もう少し小さめ……。いや、陸にあげて測ってみないと本当のところはわからないか）

水中にいる相手だけに、目測で正確な大きさを割り出すのは難しい。月明かりでは、魚かどうかも見極められない。だが、一条は、

（でかい鯰が迷いこんだだけだろう。馬鹿馬鹿しい）

そう思って鼻でせせら笑った。それでも、師匠の名代としての務めは果たさなくてはならない。

やれやれとぼやきつつ、一条は釣殿の簀子縁へと出ていき、勾欄に手をついて池に臨んだ。水中の何かは彼に気づかず、のびのびと泳ぎ廻っている。

釣り道具もなしに、さてどうしようと思案していると、池のほぼ真ん中あたりで、ぐぐっと水面が盛りあがった。波——ともまた違う。魚でも、カワウソといった水辺に棲息する動物でもない。

一条が見たものは、池の水そのものが塊となって盛りあがり、水上でよじれ、再び池に沈む——そんな現象のくり返しであった。

見た目は水と区別がつかぬような何か、たとえば完全に透明な巨大クラゲとか、そのような不思議な生き物が池で遊んでいるとしか思えない。これはもはや、物の怪といって差しつかえないだろう。

（鯰ではなかった、か……。ま、それならそれで）

これこそ陰陽師の出番だ。

一条はニヤリと自信ありげに笑った。白い指を複雑にからみ合わせ、印を作って待ち構える。

謎の物の怪が水面を持ちあげ、ぐぐっとせりあがってきた。虚空に飛び散った水滴が月の光を受け、水晶の欠片のごとく燦めく。

（いまだ）

一条は結んだ印をまっすぐ押し出すとともに、気合いを込めて呪言を放った。

「縛っ！」

水の物の怪に向け、彼の掌から呪力そのものが放たれた。それは目に見えぬ網となって、物の怪の全身にからみついた。

捕らえた、と確信し、一条は網を操るようにぐっと両手を握りしめて引いた。手応えは確かにあった。が、物の怪のほうもおとなしくはしていない。不可視の網に捕らわれたまま、勢いよく池を泳ぎ始める。

「うわっ」

強い力で抵抗され、一条は簀子縁に倒れて、ずるずると引きずられた。勾欄がなかったら、そのまま池に落ちていたかもしれない。

「何糞！」

口汚く罵りながら身を起こし、うりゃっとばかりに呪力の網を引き絞る。びぃんと網が張るところは見えはしないが、水中の物の怪は大きくのけぞり、ざばんと派手な水しぶきをあげた。

うおりゃー、どわーっ、といった、一条の猛々しい気合いが南庭に響き渡る。物の怪のほうも激しくあらがい、ざぼん、どぼん、ばしゃんと立て続けに水音を轟かせる。どちらも必死だ。

陸と水中とに分かれた両者の格闘は、やがて決着がついた。一条は肩で息をしながら、どうにかこうにか物の怪を池の岸に引きずりあげたのだ。

騒ぎを聞きつけ、泉大夫が数名の家人たちを引き連れ、おっかなびっくり様子を見に来た。彼らは岸にあげられた物の怪を目にして、一様に驚きの声をあげた。

池にあがってふるふると震えていたのは、牛くらいの大きさはありそうな透明な水の塊――この時代にはまだないが、巨大な水饅頭（葛粉で固めた和菓子）としか言いようのない代物だったのだ。

泉大夫はおののきながら一条に尋ねた。

「な、なんだ、これは」

「これはおそらく、ええっと……」

なんだろうな、と一条は首を傾げた。該当しそうな生物や物の怪が、すぐには思い浮かばない。ここで知ったかぶりをしても仕方がないので、彼は正直に告げた。

「正体は定かではありませんが、これが怪異の原因であることは間違いありますまい」

「も、物の怪か？」

「まあ、おそらく。どういたしましょう。別段、害はないようですし、このまま池に放してやっても……」

「とんでもない！」

泉大夫が悲鳴じみた声をあげた。彼の後ろに集まった家人たちも、恐怖に顔を強ばらせていっせいに首を横に振る。

「わかりました。では――」

どうしようかな、と一条は考えた。珍しいものであることは確かだ。ここであっさり処分するよりも、いろいろ調べたほうが有意義な気はする。少なくとも、師匠の権博士は学術的探究心からこれの正体を知りたがるだろう。

よし、と一条は腹をくくって言った。

「とりあえず持ち帰ります」

「——それで持ち帰ったんだ」

夏樹はあきれた顔を隠さず、半分口をあけて、目の前の大きな水饅頭をしげしげとみつめた。

今夜も暑くて寝苦しかった。

耐えきれず、夏樹は自邸の簀子縁に出て、夜気に当たっていた。すると隣の邸に明かりが灯るのが見え、一条がやっと帰ってきたのだと知った彼は、庭伝いにこっそりと勝手知ったる隣家に向かった。

「お帰り、一条。遅かったな」

いつもの調子で声をかけながら部屋を覗いたら、帰宅したばかりの一条が、背中から巨大な水饅頭を下ろしたところだったのである。

事情は聞かせてもらったものの、夏樹はさすがにあきれ返った。

「どうするんだよ、これ」

「いや、始末しようかとも考えたんだが、保憲さまにいちおう見せてからのほうがいい気がして」

「だからって、背負って持ち帰るか……」

「水の中ではさんざん暴れてくれたが、ひとたび陸にあげるとおとなしくなったからな」

「重くなかったのか？」

「まあまあ重かった。けれど、意外にひんやりとして気持ちよかった」

「気持ちいい？」

「触ってみろよ」

言われて、夏樹はおそるおそる手をのばし、ひと差し指で水饅頭の表面をつついてみた。ぷるるるん、と優しい弾力が返ってきた。

ちょっと安心し、今度は大胆に手のひら全体で水饅頭をなでてみる。予想外の感触に、夏樹はおおっと声をあげた。

「……しっとり、ひんやり……」

「だろう？」

一条は自慢げな顔をする。夏樹はうなずきながら、ひとしきり水饅頭の表面をなで廻した。

されているほうは無抵抗で、ひたすら、ふるふると細かく震えていた。目も鼻も口もない透明な水の塊なのだが、不思議とかわいらしく見えてきた。これを抱きしめて寝たら、暑苦しい夜でも快適に眠れるのではないかとの名案が、夏樹の頭に閃いた。

「これ、ひと晩借りてもいいかな？」

「借りてどうする」

「抱きしめて寝たら、涼しくて気持ちいいかと思って」

途端に一条がまなじりを吊りあげた。

「駄目だ、駄目だ。物の怪だぞ。どんな障りをもたらすか、知れたもんじゃない」

「障り、もたらすかな？　こんなにおとなしくてしっとりしているのに。ほら、このあたりなんか、もちもちもちだぞ」

「しっとり、もちもちに騙されるな。単純なやつめ」

「単純？」

夏樹はムッとして言い返した。

「そんなこと言って、本当はこれを独り占めしたいんだろう」

「独り占めぇ？」

心外だとばかりに一条は端整な顔をしかめた。が、その表情とは裏腹に、夏樹に奪われまいと水饅頭に両腕を廻してしっかりと抱きしめる。一条の腕に押され、水饅頭の身体がむにゅうと変形した。

「ずるいぞ、一条」

夏樹も水饅頭に腕を廻す。反対側からの圧力を受けて、むにゅにゅうと水饅頭がさらに変形した。

「放せ、単純素人」

「そっちこそ放せよ、強欲陰陽師」

一条が先に夏樹を蹴りつけた。夏樹もすぐさま一条を蹴り返す。どちらも両腕で水饅頭を抱きしめたままだ。

どたん、ばたん、と蹴り合いの音が響く。むにゅむにゅうっ、と水饅頭が形を変える。騒ぎを聞きつけ、邸に居候している馬頭鬼のあおえがやってきた。

「何を騒いでるんです？　一条さん、いつの間に帰ってきたんですか？　ひょっとして夏樹さんが来ているんですか？」

そう言いながら何も知らずに部屋を覗いたあおえは、一条と夏樹が透明で不定形なぷるぷるの何かを挟んでいるのを目撃し、その馬づらを蒼ざめさせた。

「ああっ、物の怪が」

悲痛な声を放つや、あおえは水饅頭めがけて果敢に突進していった。

「一条さん、夏樹さん、逃げて！」

どうやら、ふたりが物の怪に襲われていると勘違いしたらしい。

筋骨隆々とした馬頭鬼の体当たりをまともに食らいたくはない。夏樹も一条も咄嗟に水饅頭を放し、別々の方向へと跳んだ。

次の瞬間、あおえは水饅頭の真上に勢いよく覆いかぶさった。衝撃で、べしゃりと音がして水饅頭がはじけた。

部屋中に大量の水が散り、水饅頭はその輪郭を失った。あおえは全身ずぶ濡れになって床に倒れ伏す。

ひえっと夏樹は小さく悲鳴をあげた。一条は怒りも露わに、

「この馬鹿が」

と吼えるや、あおえの頭を殴りつけた。殴られたほうは、きゃっと悲鳴をあげて頭を抱える。

「痛いですよ。やめてくださいよ。何をするんですかぁ。わたしは一条さんたちを助けようとしたのにぃぃ」

「うるさい。これは絶対、殴っていい案件だ。おれの安眠を返せ。今夜はひんやりで熟睡できると思ったのに」

夏樹はあっと声をあげ、一条を指差した。

「やっぱり自分だけひんやり、しっとりするつもりだったんだな」

一条は聞こえないふりをして、あおえの頭を殴り続ける。さすがに気の毒になって、夏樹は仲裁に入った。

「もうそれくらいにしておけよ。あおえも悪気はなかったんだから」

「夏樹さん、ありがとうございますぅぅ」

あおえは夏樹にすがって、さめざめと涙を流した。一条も決まりが悪くなったのか、拳を下ろし、

「あおえ、濡れた床を拭いておけ」とぶっきらぼうに命じる。

あおえはすぐさま襤褸布と盥を持ってきて、甲斐甲斐しく床を拭き始めた。ぐっしょり濡れた襤褸布は、盥の上で絞って水気を落とす。夏樹も手伝い、ふたりしてどうにか床の水気を拭き終えた。

何もしなかった一条は盥の上に屈みこみ、溜まった水をしげしげと眺めてつぶやいた。

「ただの水だな」

「……しっとり、戻りそうにないのか」

夏樹の問いに一条は素っ気なく「ないな」と応えた。

「あおえ、この水は庭にでも撒いておけ。少しはそれで涼しくなるだろう」

「はぁい」

あおえがよっこらしょと盥を持ちあげ、簀子縁に出て、中の水を庭先に一気にぶちまけた。このところの日照りで乾ききっていた地面に、水はたちまち染み通っていく。心地よい冷風が駆け抜けていったが、それもほんのいっときに過ぎなかった。

もったいないことをしたなと、夏樹は思わずにはいられなかった。

翌日、一条が陰陽寮に出仕すると、そこにはすでに泉大夫がいて、賀茂の権博士とともに彼を待ち構えていた。てっきり、昨日の件の苦情を言いに来たのだろうと思ったら、泉大夫は一条の顔を見るなり、

「あれを返して、返してはくれまいか」

目を潤ませ、泥鰌髭を震わせて迫る彼に、一条は大いにたじろいだ。

「あれと申されますと……」

泉大夫に代わって、権博士が言った。

「わかるだろう？　大夫さまのもとから持ち帰った物の怪だよ」

泉大夫はせわしなくうなずいた。

「そうとも。あのあと、我が家の泉がいきなり涸れてしまったのだ。どんなに厳しい日照りのときでも、けッして涸れることのなかった我が家の大事な泉が」

心によほどの衝撃を受けたのだろう、泉大夫はこぼれ落ちてきた涙を広袖で押さえて訴えた。

「あれはきっと泉の精だったのだ。泉あっての我が家。泉が失われれば、邸の価値は半減してしまう。そうとも知らず、怪異をおそれる気持ちが先走るあまり、わたしは幸運の神を手放してしまったのだ。どうか、どうか、あれを早く我が家の池に戻してやってくれ。泉を甦らせてくれ」

「そう言われましても……」

「できぬと申すか」

泉大夫が声をわななかせて訊く。権博士も、

「できないのか？　どうして」と不思議そうに尋ねる。

困って、一条は言葉を濁した。馬が押し潰してしまいましたとは、とても言いづらい雰囲気だった。

「わかりました……。では、いったん、家に帰らせていただきます。大夫さまはお邸のほうでお待ちくださいませ」

なんの策も浮かばず、とりあえず泉大夫を追いはらうことを優先させる。泉大夫は物の怪返却の約束をとりつけたと思いこみ、涙をぬぐって去っていった。

あとに残された一条は、どうしたものかと深いため息をついた。弟子のその様子から、権博士も何かあったなと察したのだろう。

「さて、どういうことか聞かせてもらおうか」

仕方なく、一条は昨夜の顚末を権博士に打ち明けた。

「ほう、ただの水になった物の怪を庭に撒いたと。で、そのあと突然、泉が湧いてきたりはしなかったか？」

「そんな都合のいいことがあるわけありません」

だろうな、と権博士は笑った。

「まあ、大夫のほうはなんとか丸めこめなくもないが、その前に、水を撒いたあとを見せてもらおうか。何か妙案がひねり出せるかもしれないし」

「いまからですか？」

「ああ、そうだ。忘れないうちにな」

権博士の忘れっぽさは筋金入りだ。確かにそうしたほうがいいなと一条も思い、権博士とともにいったん帰宅することにした。

朝起きたときには快晴だった空が、陰陽寮を出たときには灰色の雲に覆われていた。官庁街である大内裏を抜けた頃には、ぽつりぽつりと雨が降り始めた。久しぶりの雨だ。この程度ならば雨宿りをするほどでもないと、一条と権博士はそのまま都大路を歩いていく。

一条の邸は御所からそう遠くなかった。簡素な門をくぐり、庭に直行しようとすると、物音を聞きつけたのか、邸内からあおえが駆け出してきた。

いたら、庭が――」

「どうかしたのか?」

「庭を見てやってくださいよ。やっと雨が降って、これで少しは涼しくなるなと思っていたら、庭が――」

いいとも悪いとも言いがたい予感がして、一条は庭へと急いだ。権博士も彼に続く。

ぐるりと家屋を廻って、南側のつつましやかな庭に出た途端、一条はうっと息を呑んだ。

池もないし、釣殿もない。ただ雑草ばかりが茫々と繁る狭い庭だが、簀子縁近くは、あおえがせっせと草むしりをやったおかげで、地面が顔を覗かせていた。そこに折からの雨があたり、雨滴の跡がぽつぽつと描かれていく。ちょうど、先日、あおえが盥の水をぶちまけたあたりだ。

乾いた大地は雨をすぐさま吸い取り、代わりに不定形で透明な何かを、ぷくっと地表に生じさせていた。地中に眠っていた種が、水を得て芽吹きを開始したかのように。それもひとつではなく、次々と。

「あれですよね、昨日の夜のぷにぷにですよね」

言いながら、あおえが芽吹いたばかりの小さなぷにょぷにょを、ふたつ、みっつ、すくいあげた。次の瞬間、馬頭鬼の大きな掌の中でそれらは合体し、ひとつの小さな水饅頭となる。

「うわっ、ぷよぷよ復活ですよ」

それを見て一条も、ぷくぷくした透明の芽をかき集めた。あえて力を加えずとも、かき集めた分は一条の手の中で自ら引き合い、くっつき合う。その感触は、ぷるるん、しっとり、ひんやりしていた。天からの恵みの雨を受けて、あの水饅頭が元の姿を取り戻そうとしているとしか思えない。

「全部集めるぞ、あおえ」

「はい、わかりました」

盥を用意し、一条とあおえは庭で集めたぷよんぷよんを全部、そこに投入していった。権博士は簀子縁の階(きざはし)にすわって興味深げに眺めるだけで、直接、手を出そうとはしない。

やがて、庭に出ていた芽はすべて盥に収まった。それらはひとつになり、盥の中でふるふると震えている。前は牛くらいの大きさだったのに、その半分もない。

「元の大きさには全然足りませんねえ」

あおえの言に、うーんと一条もうなる。が、権博士は、

「いいや、むしろ、それくらいのほうが泉大夫の受けもいいだろう。大きいと、ただそれだけでいらぬ恐怖をあおってしまうから」

「そうかもしれませんね」

一条はそっと水饅頭の表面に手を当てた。ちょうどいい冷感と、しっとり、ぷるるん。抱きしめて眠るのにも、これくらいの大きさのほうがいいだろう。いまさらながら返すのが惜しくなってきたが、権博士の目の前で横領を働くわけにもいかない。

さっそく、一条は水饅頭入りの盥を抱え、権博士とともに泉大夫邸へと出向いた。力仕事はあおえにやらせたかったが、日中堂々、馬頭鬼を連れて都を縦断するわけにもいかず、あおえには留守番を命じておく。

自邸で待っていた泉大夫は、大喜びで陰陽師たちを迎えたものの、盥を覗きこむとたちまち不安げな顔になった。

「……だいぶ小さくなったような」

「子細ありまして」

一条はそのひと言で済ませようとしたが、権博士が横からしたり顔で口を挟んだ。

「池から丸一日離れておりましたから、そこは致しかたありません」

「なるほど、なるほど。そういうものなのか」

さっさと済ませてしまおうと、一条は早足で南庭に向かった。池の岸に立ち、乱暴な手つきで盥をひっくり返す。

その大きさに見合った分の控えめな水しぶきをあげ、水饅頭は池に落ちた。透明な身体はすぐさま池の水にまぎれ、見分けがつかなくなる。代わりに池の中央へと向かって波紋がたったが、しばらくしてそれも消えてしまった。

「これで大丈夫なのか？」

不安を解消できずにいる泉大夫に、権博士が満面の笑みをたたえて応えた。

「おそらくは。しばらく様子を見てみましょうか。泉が甦らぬようでしたら、そのときはまた、こちらにお声をかけてくださいませ」

「障りは、祟りなどは起こらぬのだな？」

「ええ。見たところ、水の精のようでしたからね。水は時には荒れくるい、大きな災いをもたらしもしますが、生きていくために必要不可欠なものでもあります。そういうものだと思し召して、いらぬ手出しをしないでおけば、きっと大事ありますまい」

権博士から柔らかな口調で説明され、泉大夫はやっと安堵の息をついた。

その様子を横目で眺めていた一条は、心の中でつぶやいた。

（なるほど。不安を晴らすところまで、やりおおせてこその陰陽師か……）

その日のうちに、泉は再び、清水をあふれさせるようになった。水の勢いは若干減ったようにも見えたが、幸いなことに池の水位に大きく影響するまでには至らなかった。

怪異は続いている。月の美しい夜などには、池の水面から何かがばしゃんと大きく跳ねあがることがあるらしい。泉大夫の家の者たちは「あれは泉の守り神だから」と言って、気にしないようにしているのだとか。

それは透明な身体に月光を透かして、きらきらと夢のごとくに照り輝くのだという。

あとがき

ついに『空蝉挽歌』まで、たどりつけたーッ！　本当にありがたい。これも『暗夜鬼譚』を支えてくださった読者のかたがたのおかげと、厚く御礼申しあげます。

旧文庫版では五冊あった『空蝉挽歌』を三分冊にして、壱を前編、弐と参を合わせて中編、四と伍を合わせて後編として刊行する予定となっております。現時点ではざっくりとしか申せませんが、前編が三月に刊行されたあと、中編が初夏に、後編が初秋に出せるのではないかと。本の厚みに差が出てしまう点に関しては、どうか目をつぶってくださいますように。

分冊するにあたって、毎巻つけているオマケ短編をどうしようかと考えました。特に、壱のラストのあとに、お気楽ネタの短編が入ったりしたら興ざめじゃないのかな、と心配に。

だがしかし、あとがきがあったなぁと。いまさらだな、だったらば気にしなくてもいいかと考えを改め、ないよりはあったほうが読者サービス的にも絶対にいいはずだと信じて、短編をつけることにいたしました。

完結したシリーズの短編って書けるんだろうかと悩みもしたけれど、やってみるとできるもんでした。不思議なことに、最初は過去ばなししか浮かばなくて。ああ、そういうものなんだなと妙に納得していたら、だんだん本編の時間軸に追いついてきた感が……。

まあ、そんなわけで。

ネタばれになりかねないので、あまり多くを記せませぬ。どうか、引き続き『空蝉挽歌』を楽しんでくださいますようにと願いつつ、筆をおくことといたしましょう。

令和三年二月

瀬川貴次

本書は一九九七年九月に『暗夜鬼譚　空蟬挽歌　壱』として、集英社スーパーファンタジー文庫より刊行されました。集英社文庫収録にあたり、書き下ろしの「真夏の怪」を加えました。

この作品はフィクションであり、実在の個人・団体・事件などとは、一切関係ありません。

①春宵白梅花（しゅんしょうはくばいか）

平安建都から百五十年あまり、貴族文化が花開くころ。少年武官・夏樹と美貌の陰陽師見習い・一条が、宮中の怪異に挑む！

②遊行天女（ゆうぎょうてんにょ）

宮中で、二人の女御が推薦する陰陽師と僧による雨乞い合戦が行われた。だが、祈祷の最中、雲の中から異形の獣が現れ……。

③夜叉姫恋変化（やしゃひめこいへんげ）

曼珠沙華の野で出会った少女に一目惚れした夏樹。そのころ都では残忍な盗賊が跋扈し、宮中では物の怪が出没して……。

④血染雪乱（ちぞめゆきみだれ）

旅の夫婦が鬼と遭遇し妻が殺されるという事件が起こり、鬼退治に同行した夏樹。現れた鬼は、友人・一条の師匠に瓜二つで!?

⑤紫花玉響（むらさきたまゆら）

運命の出会いを求め、夜の都をお忍びで歩くのが帝の息抜き。夏樹がお供した夜、帝は藤の花咲く家で美しい姫と出逢い……。

⑥五月雨幻燈（さみだれげんとう）

陰陽師見習いの一条は丹波を訪れるように命じられる。親友を気づかう夏樹だが、他人の災厄がふりかかるとは思いもよらず……。

弐 姑獲鳥（うぶめ）と牛鬼

「泣く石」の噂を追って出掛けた都のはずれで二人が見つけたのは、宣能の隠し子!?

参 天狗の神隠し

宗孝の姉が見たという「茸の精」の正体を確かめるために山に向かった宣能と宗孝だが……。

四 踊る大菩薩寺院

奇跡が起こるという寺に参拝に訪れた二人は、とんでもない騒動に巻き込まれることに!?

伍 冬の牡丹燈籠

ばけもの探訪をやめてしまった宣能を心配する宗孝。怪異スポットを再訪しようと誘い……。

七 花鎮めの舞

姉・梨壺の更衣の出産が迫る中、宗孝は中将宣能とともに、桜の精霊の怪異を訪ねるが……。

八 恋する舞台

帝に舞を披露した事からモテ期が到来した宗孝。だが、数多の恋文の中に、死者からのものが!?

九 真夏の夜の夢まぼろし

夏の離宮での宴に招かれた二人。過去にこの地で惨劇が起きたと聞いて色めき立つ宣能だが!?

十 因果はめぐる

重大な秘密を知ってしまった宗孝は、賊の目をかいくぐり都を右往左往する羽目になり!?

オレンジ文庫

瀬川貴次の本

怪奇編集部『トワイライト』

シリーズ

怪奇編集部『トワイライト』

実家が神社で霊感体質の駿が大学の先輩から紹介されたバイト先は、UMAや都市伝説を紹介するオカルト雑誌編集部の雑用だった。勢いで働きはじめたものの、妙な事件に次々巻き込まれて……。

怪奇編集部『トワイライト』2

読者からの投稿でさまざまな心霊現象を体験したという旅館の情報が届いた。駿を含む編集部一同は取材も兼ねて社員旅行でその旅館を訪れることになるが、そこで待ち受けていたものとは……。

怪奇編集部『トワイライト』3

写真に写りこむ二メートル超の黒い人影の正体、UFOが目撃された地でなぜか降霊会開催？　帰省した駿の実家で起きた夏の事件など、最後まで怖そうで怖くないまったりゆるホラー完結編！

S 集英社文庫

暗夜鬼譚(あんやきたん) 空蝉挽歌(うつせみばんか) 〈前(ぜん)〉

2021年3月25日 第1刷　　定価はカバーに表示してあります。

著　者　瀬川貴次(せがわたかつぐ)

発行者　徳永　真

発行所　株式会社 集英社

東京都千代田区一ツ橋2-5-10　〒101-8050

電話　【編集部】03-3230-6095

【読者係】03-3230-6080

【販売部】03-3230-6393(書店専用)

印　刷　中央精版印刷株式会社　株式会社美松堂

製　本　中央精版印刷株式会社

フォーマットデザイン　アリヤマデザインストア　　マークデザイン　居山浩二

ISBN978-4-08-744222-9 C0193